길 잃은 사람들에게 전하는 이야기

멈춤을 멈추려 합니다

김호섭 지음

FOREST
WHALE

목차

2부.
있는 그대로의 호흡과 속도로

3부.
길은 걷는 자의 것

4부.
이별 없는 사랑

프롤로그

대기업 출신, 외국계 IT 회사 임원, 억대 연봉, 성공한 인생···. 사람들은 저를 부러워했습니다. 저 또한 열심히 살아온 노력의 결과이고 성과라 자부하며 자랑스러워했습니다. 하지만 표면의 허상과는 달리, 내면에서는 깊은 아픔이 싹트고 있었습니다. 고객사에서 일어나는 긴급한 문제를 해결하기 위해, 밤낮을 잊은 채 전국에 퍼져있는 사업장으로 달려가야 했습니다.

연봉보다 무거웠던 책임의 압박이 너무나도 버거웠습니다. 스트레스 레벨은 이미 견딜 수 있는 수준을 훌쩍 넘어섰습니다. 깊은 밤 고속도로 운전 중, 쏟아지는 졸음에 아찔한 순간을 수차례나 넘기면서도 그것이 '번 아웃' 때문이라는 사실을 애써 외면했습니다. '가난 탈출'이라는 인생의 목표를 위해 오로지 앞만 보고 달렸습니다.

어느 날, 숨이 멎을 정도로 강렬한 가슴 통증이 찾아왔습니다. 지역의 심장 전문 병원에서 수술하기 어려운 위중한 상태여서, 큰 병원으로 가야 했습니다. 서울 신촌 S 병원에서 협심증 수술을 받았습니다. 좁아진 심혈관을 넓히는 스텐트 삽입술은 의사의 예상보다 오래 걸렸습니다. 손목 부분만 마취했기에 의식은 어느 때보다 또렷했습니다. 미세 철심이 왼쪽 팔의 동맥을 통해 깊은 심장까지 찔렀습니다. 신의 독화살을 맞으면 이런 느낌일지 싶었습니다. 화살에 담긴 메시지는 분명했습니다.

"너의 화려한 인생은 끝났다."

자의 반 타의 반으로 다니던 직장을 그만두고 개인 사업에 나섰으나, 더욱 혹독한 시련이 기다리고 있었습니다. 사업은 허무한 실패로 막을 내렸고 많은 빚까지 떠안았습니다. 가족은 뿔뿔이 흩어졌고, 결국 아내와도 헤어졌습니다. 급전직하라고 하나요. 난폭한 시간의 끝에서 다시 뇌졸중으로 쓰러졌습니다. 연이은 고난에 모든 소망과 삶의 의지를 내려놓았습니다. 열심히 살아왔다고 자부한 지난 시간이 모두 거짓인 것 같아 끝없이 자책했습니다.

지독히도 아팠던 시간을 보내고 다시 이를 악물었습니다. 묵묵히 걷고 쓰며 어둠의 터널을 통과했습니다. 그렇게 7년이라는 시간이 지났습니다. 이 책은 모든 일에 실패하고 쓰러진 한 남자가 어두운 절망에 대항하고 일어서는 이야기입니다. 막막한 고립무원의 시공간에서 깊은 고민을 안고 주저앉아 버린 사람들을 우리는 주변과 이웃에서 어렵지 않게 만날 수 있습니다. 보통의 삶으로 살아가기조차 버거울 정도로 막막하고 힘겨운 시절이니, 그저 나와는 상관없는 남의 일로만 치부할 수도 없습니다.

주저앉거나 무너진 자에게 "힘내"라는 말은 잠시의 위안일 뿐, 좌절과 무기력에 압도된 일상을 일으키기는 쉬운 일이 아닙니다. 멈춰버린 일상의 무게 또한 어느 타인이 대신 지거나 감당해 줄 수 있는 일이 아닙니다. 이들에게, 혹은 우리 모두에게 정녕 필요한 건 '스스로 일어나는 힘'입니다.

<멈춤을 멈추려 합니다>의 의미는 멈춰버린 삶의 상태를 멈추고, 어떻게든 움직이는 상태로 바꿔보자는 의지의 표현입니다. 삶의 에너지를 기어이 일으켜 인생을 다시 살아보자는 응원입니다. 무언가 시도 하다가도 곧 멈춰버리는 악순환의 고리를 끊고, 한 땀 한 땀 삶을 꿰매는 정성으로 전진하자는 이야기입니다. 깊고 어두웠던 터널을 통과해 온 사람으로서, 이제는 끈기와 용기의 에너지를 알려주는 안내자로서, 무너진 삶을 건강하게 재건하려는 뜨거운 에너지를 당당하거나 유쾌하게 풀어본 이야기입니다. 흐려진 지난 발자국을 딛고 일어서 삶의 새로운 무늬를 그려보려는 희망을 현실로 이뤄내는 것은, 무기력에 스스로 저항할 수 있는 '용기와 꾸준한 습관'입니다. 그 한마디를 전하고자 합니다.

-

숨 쉬는 것 말고는 할 수 있는 게 없다고 낙담하며, 죄 없는 방바닥만 내리치던 때가 있었습니다. 위태로운 여정의 끝에서 한 가닥 삶의 의지마저 희미해지던 시절입니다. 어두운 천정을 바라보며 중얼거렸습니다. '이 망할 놈의 상심과 무기력에서 어떻게 하면 자유로워질 수 있을까? 밖으로 나가볼까? 조금이라도 걸으면 다른 내가 보이려나? 다시 살아갈 길이 보일까?' 재활과 재기까지는 기대하지 않았고 어느 봄날, 무작정 길 위에 섰습니다.

처음에는 그냥 걸었습니다. 길은 낯설었고 세상도 내가 생경했나 봅니다. 거리에서도 공원에서도 낯선 자의 출몰이 이상했나 봅니다. 휘청거리며 걷는 발걸음을 이상하게 바라보는 시선들이 날아와 등 뒤에 꽂혔고 그 낯섦에 부끄러웠습니다. 어렵사리 나선 마음은 두려움으로 이어집니다. 오만가지 생각이 걷는 모든 시간을 괴롭혔으나 오로지 한 가지만 생각하기로 했습니다.

'살아야겠다.'

왜 걸으려 하는 지, 길에 나선 이유가 선명하니, 매일의 새벽과 밤을 가리지 않고 묵묵히 길 위에 올라섭니다. 그렇게 걷기 시작했습니다. 한 걸음 두 걸음 걷다 보니 알아차립니다. 세상은 이 허름한 아저씨에게 아무 관심도 없는데, 스스로 머리 처박고 땅 파고 끝도 없는 바닥으로 무너지고 있음을. 정작 잃어버린 건 내 밖의 무엇이 아니라, '나' 그 자체였음을. 인생에는 지독한 아픔만 있는 게 아니라 기어이 이겨냄도 있다는 희망을. 낯선 시선을 건네던 사람들과 끌끌 혀를 차던 공원 어르신들의 눈길은 안쓰러움이며, 이겨내라는 응원의 박수였음을.

김광석의 노래처럼, 잊어야 한다는 마음으로 쓰기 시작했습니다. 긴긴밤과 하얀 새벽을 잊지 못해 썼습니다. 삶은 가까이에서 보면 비극이요, 멀리서 보면 희극이라 했거늘. 내 인생은 슬픈 랩소디로만 가득했습니다. 서글펐습니다. 아프도록 시리게 들여다본 상처는 생각보다 깊었고, 애써 외면했던 우울마저 고개를 내밉니다. 타인이 바라는 '나'만 있었고, 정작 내가 바라는 '나'는 빠져 있던 잘못된 삶이었음을 인정해야만 합니다. 쓰린 괴로움이 밀려옵니다. 서툴렀던 과거, 속상한 기억, 상처받은 몸과 마음의 파편들을 밖으로 쏟아내면서 쓰고 지우고 다듬었습니다. 작은 노트에 쓰던 소망의 글이 켜켜이 쌓여 어느덧 새로운 내가 되어갑니다.

걷는 자, 쓰는 자가 되자 시간과 일상을 대하는 모습이 어느 사이엔가 달라져 있었습니다. 방바닥에 엎어져만 있던 무기력을 딛고 일어나 꿈결에도 걷고 잠결에도 쓰게 되었습니다. 애쓴 문장이 서툰 삶을 이끕니다. 나라는 '우주'를 찾아가는 여행은 전혀 피곤하지 않으며 시간의 밀도는 촘촘해지고 공간의 정의는 확장됩니다. 꾸준한 습관을 쌓아가면서 '멈춤을 이제 정말 멈춰야 한다'는 또렷한 과제를 알게 됩니다.

-

이 책을 통해 '다시 시작하는 것'에 대한 의미를 묻고자 합니다. '재시작의 시작'은 걷는 것부터입니다. 멈춰버린 일상의 시간에 잔잔하지만, 단호한 변화를 주고 싶은 독자들께 당장 밖으로 나가 걷자고 제안합니다. 생각만 복잡하고 마음은 어지러우며 아무것도 하기 싫을 때는 일단 움직이라는 말이 있듯이, 걷게 되면 생각하게 되고, 나만의 고유하고 구체적인 도전과제, 인생 과제가 떠오르게 됩니다. 타인이 아닌 자신이 원하는 나의 모습. 걸으면서 떠오르는 명료한 생각 속의 그 무언가와 자연스레 교감하고 이야기하게 됩니다. 그리고 그 길로 나아가게 됩니다.

찬찬히 돌이켜보고 지나와 보니, 우린 너무 덧없이, 아무 생각 없이, 아등바등, 그저 바쁘고 치열하게만 살아온 듯합니다. 내가 무엇을 좋아하고, 어떤 것을 하고 싶은지도 모르고, 어떤 내가 되고 싶은지 알려고도 하지 않은 채 그저 열심히만 살면 되는 줄 알았으나, 뒤늦게 알게 됩니다. '나'의 부재. 꿈의 실종에 대해서요.

중심이 없으니, 시도 때도 없이 반복해서 찾아오는 무기력 앞에 일상은 쉽게 흔들립니다. 그렇다고 세상 탓 환경 탓만 하고 있을 수는 없습니다. 나를 변화시키는 건 오로지 나의 몫이요, 생을 담담하게 감당할 줄 아는 자의 책임입니다. 꿈은 어떻게든 방법을 찾아냅니다. 어려움을 예상하고, 해결할 방법을 찾습니다. 꿈을 꾸준히 추구하며 실현해 가는 가장 현명한 방법은, 그 길로 기꺼이 나아가는 '첫걸음'과 꾸준히 이어가는 '단단한 습관'이라고 감히 주장합니다.

걸으며 쌓아온 7년, 그 '단단한 시간'의 이야기를 함께 하고자 합니다. 이 책은 걸으면서 쓰면서 자신을 치유하는 소소한 마음의 지도이자 여정입니다. 거창한 반전이나 심오한 철학은 없습니다. 입꼬리 살짝 올라가는 미소, 'ㅋㅋ' 두 번 정도 날릴만한 웃음, 슬며시 차오르는 눈물 정도일 것입니다. 걷고 쓴다는 단순한 일상의 이야기가 젊은이들에게는 무기력에서 탈출하는 용기를, 제 또래 친구들에게는 새로운 도전을, 어르신들께는 잔잔한 회복을 떠오르게 한다면 더 바랄 것이 없겠습니다. 살아가는 마음의 걸음 한편에, 반딧불이의 빛이 반짝 켜진다면 무척이나 감사한 일이겠습니다. 그 한걸음은, 위로나 힐링이 아니라 한마디 '용기'입니다. 멈춤을 끝내 멈추고야 마는 첫걸음입니다.

새롭게 걷는 마음에
함께 걷는 마음을 담아

1부.

멈춤을
멈추려 합니다.

잔치국수와 아바

멈춤을 멈추려 합니다.

동네 어귀에 [후루룩]이라는 가게가 있다. 예전에는 화려하고 멋진 간판에 눈길이 먼저 가곤 했는데, 이제는 이런 소박하고 직관적인 이름이 좋다. 긴말도 부가적인 설명도 필요 없다. 국숫집이다. 가끔 들러 해장도 하고, 집 나간 입맛도 찾아보려 주문하는 메뉴는 '잔치'다. 소박한 국수에 잔치라는 판타지를 곁들였으니 '잔치국수'다. 지루한 일상에 잔치라는 단어는 잊고 산 지 오래되어서, 애써 한 그릇 끼니로나마 잔치 비슷한 끈이라도 붙잡아 보려는 얄팍한 애잔함도 숨길 수 없다. 언제 잔치나 파티했는지 기억은 흐릿하고 추억은 아련하다. 그래서 국수의 그림자는 길고 긴지도 모르겠다. 나 잡아봐라 하면서.

한 그릇 후루룩 뚝딱. 혼자 북 치고 장구 치고, 면치고 잔치를 마치고, 방구석으로 돌아오던 길에 라디오에서 익숙한 목소리가 들려온다. '아니, 이건 전설적인 팝 그룹 아바(ABBA)가 아니던가?' 기쁜 마음 한구석과 생소함이 어우러져 스쳐 간다. 아바의 어지간한 노래는 청춘 시절에 모조리 섭렵했는데 이 노래는 낯설다. 다소 느린 리듬이지만 아바다움은 여전히 잔뜩 녹아든 노래다. DJ는 이렇게 말한다.

"아바가 40여 년 만에 신곡을 발표했습니다. <I still have faith in you : 나는 아직 당신을 믿어요> 본격적인 활동을 재개한다기보다는, 오랫동안의 멈춤을 멈추고자 발표한 신곡입니다."

'세상에나, 살아생전에 아바의 신곡을 다시 듣게 된다니.' 신비로움마저 감도는 짜릿하고 묘한 감동의 순간이다. 잔잔하고 청명한 노래도 노래지만, DJ의 짧은 문장이 오랫동안 가슴에 머물러 메아리친다. 지금은 칠십 대 중반 나이쯤 되었을 아바 멤버들이 멈춤을 그만 멈추고 신곡을 발표하다니. 음악이 흐를수록 그들의 시도와 도전이 무척이나 멋지다는 생각에 이른다.

문득, 꽤 오래도록 무기력의 바다에 풍덩 빠진 나의 멈춤으로 마음은 향한다. 그 깊은 늪에 빠진 때가 언제부터인지도 기억도 가물가물하다. 잠깐의 무기력 상태라면 '살다 보면 그럴 수도 있지' 하겠지만, 헤어질 기약 없이 끝없이 가라앉기만 하는 지독한 무기력. 이 괴물 앞에서는 '이 또한 지나가리라'는 명언도 잘 통하지 않는다. 그저 멀거니 방구석 천장과 바닥만 내려다보는 진공이 흐리눈만 있을 뿐이다. 이 멈춤을 멈추려면 도대체 어찌해야 하는가.

무기력에 빠졌다면 빨래하거나 청소하거나 뭐라도 하면서 몸을 바쁘게 움직이라는 말이 있다. 아마도, 무기력이 무의식에 자리 잡지 않게 차단하려는 의식적인 시도이리라. 축 처진 거북목을 펴고, 천천히 눈을 뜨자 동네 야트막한 산이 눈 앞에 펼쳐진다. 단지 바라보는 것으로 만족했던 산꼭대기에는 작은 공원이 하나 있다. 오래도록 그곳에 있던 산과 공원이 그제야 선명해진다. 잔잔하지만 정신 번쩍 나게 청명한 아바의 음악에 이끌려 "멈춤을 멈추려 한다."는 단 한 문장을 마음 안으로 품게 되었다.

어두운 천장, 낡은 방구석에서 시선을 산으로 향한다. 운동화 끈 바짝 조여 매고 무작정 길 위에 섰다. 산을 오른다. 공원으로 향한다. '몸도 마음도 성치 않은데 걸을 수 있을까? 그래도 그냥 걸을 수 있는 만큼만 걸어보자. 잠깐이라도 잔치를 벌여보자.' 전설의 팝그룹처럼 거창하고 근사한 신곡 발표가 아니더라도, 당장 뭐라도 하면서 이 지긋지긋한 멈춤을 멈출 수 있다면 이 어찌 마다할 일인가.

들국화 전인권은 이런 노랫말로 사람들의 마음을 적신다.
"지나간 것은 지나간 대로 / 그런 의미가 있죠 / 떠난 이에게 노래하세요 / 후회 없이 사랑했노라 말해요 / 그댄 너무 힘든 일이 많았죠 / 새로움을 잊어버렸죠."

그래 맞다. 새로움을 잊어버렸을 뿐이다. 그냥 그뿐이다. 새로움을 다시 찾아보자. 잔치가 별건가? 국수 한 그릇의 감사와 노래 한 곡의 감동이면 이 또한 충만한 잔치이고 쨍한 새로움 아니던가.

아무런 계획도, 대단한 다짐도 없이
무기력과 막막함을 벗으려는 마음 하나로
빨래하거나 설거지하는 마음으로

멈춤을 멈추려
어느 봄날
그렇게 길 위에 섰다.

땡큐! 후루룩!
땡큐! 아바!

얻고 싶은 자유
무엇으로부터 자유로워지고 싶은가?

'내가 얻고 싶은 자유는 어떤 것이 있을까?' [자유]의 사전적 정의는 간결하다. 남에게 구속을 당하거나 무엇에 얽매이지 않고 자기 마음과 의지에 따라 행동하는 일, 또는 그러한 상태.

삶 속에서 여러 제약이나 구속에서 벗어나 자유롭게 생각하고 행동을 펼치는 것을 의미한다. 그렇다면, 나를 지독히도 꽁꽁 얽어매고 있는 제약은 도대체 무엇인가. 나는 무엇으로부터 자유로워지고 싶은가? 어떤 구속에서 벗어나, 새로운 무엇을 찾고 싶은가? 나이가 들어갈수록 담백하거나 고고히 우아하게 살고 싶었지만, 오히려 감정은 시도 때도 없이 널을 뛰고, 느닷없는 분노는 사소한 일이나 중요한 일이나 경중을 가리질 않는다. 어느 하늘 맑은 날에 공원을 거닐며 (TV에서 허허롭거나 코미디처럼 외치는 자유 말고) 보다 선명한 자유, 벗어나고픈 제약과 구속에 대해 생각해 본다. 생각 속에 이리저리 갈라지던 여러 질문들은 다시 한 문장으로 정리된다.

'상심과 무기력을 떨치고 잘 살아내려면, 과연 무엇으로부터

자유로워지고 싶은가?'

당장 떠오르는 '무엇'들은 아픈 몸과 마음, 돈, 상처받은 자존감, 아픈 시간, 사람들과의 관계 속에 일어나는 문제들, 고충들이다. 나이가 많거나 적거나 관계없이, 고충 없는 삶이 어디 있겠는가. 나만의 유별난 고충들은 아니겠고 누구에게나 보편적인 '무엇'들이니, 딱히 나에게만 특별한 건 아니겠다. 다만, 이런 고충들을 세세히 들추고 바라봐야 하는 마음은 지극히 개인적이며, 아프고 쓰린 통증의 정도는 각자 살아온 인생 발자국만큼이나 천겹의 무늬다. 일단, 나를 보니 아리고 저리다. 쓰리고 시리다 못해 욱신거린다. 지난 시절을 통과하던 기억과 절망이 다시 생생히 눈앞에 소환되니 절절하고 울적하다. 그냥 싹 다 잊고만 싶다. 전부 다 초기화하고 지우고만 싶다.

하지만, 이제는 안다. 이 '무엇'들을 외면하거나 회피해서는 올바른 답이 나올 수 없다는 것을. 언젠가는 제대로 직면하고 정리하여 딛고 넘어서야 할 벽이고 훌훌 털고 올라서야 할 계단이다. 이런 시간은 미래로 나아가는 과정의 중요한 첫걸음이겠고, 그 여정에서 기어이 자유를 발견하게 되리라는 믿음이 점점 힘을 얻는다. 더 이상 주저하지 말고 초미세 현미경 하나 준비하자. 자신의 절절한 역사를 누가 제일 잘 알고 있는가. 나를 보고 나를 말해보자. 내 삶의 솔직한 목격자는 그 누구도 아닌 바로 '나' 아니던가. 애잔함과 의연함이 함께 장착된 성능 좋은 돋보기 하나

옆구리에 차고 시선을 살짝 바꿔보니 서서히 방향이 보인다. 가슴 깊이 쌓인 상처들, 이른바 미련과 집착, 자책과 상실이라는 나무를 하염없이 붙들고 놓지 못하고 있는 자신으로부터의 탈출. "그 손을 놓아라!" 내가 나에게 명령해 본다. 참으로 오랜만의 주체적 명령이다. "그 손은, 누구도 아닌 바로 너의 손이야." 그렇게 한결 단순하고 본질적이며 가벼워진 자유를 나는 원하고 있는지도 모를 일이다.

여러 생각 속에 무려 다섯 시간의 산책을 대책 없이 해버렸다. 발바닥은 불타고 무릎은 삐걱거린다. 살짝 눈물도 어릿하다. 세상에 어디 쉽게 얻는 게 있는가 말이다. 질문과 명분이 생겼으니, 다음은 다짐이다.

얼마 전에 아바 멤버들이 말하지 않았던가. "I still have faith in you". 전설의 아바가 나를 믿어 준다고 하지 않는가. 답 없는 무기력의 망망대해에서 그만 헤매고 프로그램을 다시 짜 보기로 하자. 초기화할 수는 없는 인생이지만 또한 정답 없는 것도 인생이니까 방향은 살짝 바꿀 수 있지 않겠는가. Input을 바꿔야 진정 바라는 Output이 나온다고 아인슈타인께서 강조하지 않았는가. Input을 바꾸지 않고서 다른 Output을 바라는 일처럼 바보스러운 일은 없다고 했으니 더는 바보가 되어서는 안 되겠다.

심심하지만 심상치 않은 아저씨의 좌충우돌 자유 원정대! (아픔 많은 예전의 나와, 지금의 내가 손잡고 함께 가야 하기에 혼자가 아닌 우리다. 그러니 원정대다) 이 이야기는 이렇게 출발한다. 그 출발지는 인천 중구의 오래된 공원 <자유공원>이고 오늘부터 1일이다.

아뿔싸. 공원 이름이 '자유'였구나. 그 명징한 키워드, 바로 눈 앞에 늘 말없이 존재해 있던 소망의 단어를 애먼 길 돌아 이제야 가슴에 품게 되는구나. 멈춤을 그만 멈추고 소박하지만 신명 나는, 나만의 자유를 찾아서 떠나는 그 멋진 여행의 출발지로서 참 으로 극적이고 딱 떨어지는 장소가 아닐 수 없다. 거친 팔뚝에 잔 잔한 소름도 올라오고 주름진 입가에는 오랜만의 미소가 흐른다. 거울에 비친 그 미소는 스무 살 청년의 해맑던 미소를 어느새 닮 아있다.

"그래. 자유를 찾아보자. 아니, 만들어 보자."

비움과 채움
자유를 얻기 위한 선택과 규제

미련과 집착, 자책과 상실을 붙들고 있는 자신으로부터의 탈출. 과연 그것이 진정한 자유의 전부일까? 다시 질문을 던져본다. 질문의 둑이 무너지자, 꼬리에 꼬리를 무는 질문이 우르르 쏟아진다.

그 탈출만으로는 뭔가 부족하다. 탈출로 생긴 빈 곳, 새로 발견한 그 여백을 무엇으로 채울 것인가? 새로운 질문이다. 비워지면 채워지는 인생사, 계절의 잉태, 만물의 이치에 기대어 다시 바라보자. 비움에만 집중하다 보면 채움에 소홀할 수 있다. 소홀해진 틈을 다시 노리는 건 자신을 꽁꽁 묶고 억압했던 마음들이다. 미련과 집착, 자책과 상실 이런 애들이다. 무기력의 원천이요 조상들이다. 수시로 그 빈틈을 노린다. 무방비의 뒷공간과 텅 빈 골대는 위험하다. 새롭고 낯섦의 불편함 보다는 익숙하고 편함을 찾는 마음은 본능이다. 본능은 다시 예전의 익숙함을 끌어당겨 언제나 그 빈 여백을 채우게 되는 건 안 봐도 유튜브다. 다시 무기력에 빠지는 악순환이다.

그러니 비움과 채움은 따로 또 같이 가야 하는 친구라 한다면, 비우고 나서 채우는 게 아니라 비우면서 또한 채워 가는 것이 훨씬 맞는 접근이겠다. 결국, 비움과 채움을 같이 생각해야 한다면 어떤 채움을 찾아야 하는가. 생각이 깊어진다. 비우면서 채우고 다시 반복하는 과정에서 삶이라는 그릇은 단단한 원석이 되고 흐르는 마음의 물은 말갛게 정제될 것이다. 그렇다면 무엇을 선택하고 무엇을 결정해야 하는가? 이 질문에 대한 대답이 천천히 떠오르니 이렇게 정리해 본다. "내 안의 목소리를 듣자. 다양한 선택지와 헷갈리는 수많은 갈림길에서 용기 있게 선택하고, 끈기 있게 밀고 나가, 결기 있는 무늬를 예정하고 만들어 보자." 그러고 보니 선택과 집중, 몰입과 끈기는 우리가 살아가는 데 역시 필수 덕목이 분명하겠다.

선택하는 자유에 대해, 이충녕 작가는 <어떤 생각들은 나의 세계가 된다>라는 책에서 칸트를 설명하며 이렇게 얘기한다. "칸트는 인간의 자유가 단순히 원하는 대로 아무것이나 할 수 있는 상태를 의미한다고 생각하지 않았다. 인간의 진정한 자유는 이성으로 세운 규칙에 스스로 따르는 것을 의미한다. (중략). 끝없는 자유에 비내에서 끄끄하다가 질식해 정신을 잃는 것은 자유를 상실하는 것에 더 가깝다. 자기 삶에 선을 긋는 것, 그리고 그 선을 지키는 것. 이것이야말로 진정한 차원에서 자유로울 수 있는 길이다."

규제는 외부로부터 주어진 선택이나 억압이 아니라, 주체적으로 선택한 의지의 자유, 내가 선택한 선명한 자유, 그 이름이겠다.

자신의 삶을 주체적으로 선택하고 규제함으로써 여백을 비우고 채워가며 현명하게 나이가 들어가면, 어느 날엔가 나만의 지혜에 호수, 고요의 바다에 이를 것이다. 이것이 오롯이 진정한 자유에 이르는 여정이라면, 무기력이라는 멈춤을 기어이 멈추려는 가벼운 발걸음은 살기 위한 치열하고 고독한 몸부림이겠다. 간단치 않고 쉽지 않겠지만 즐겁게 가보자. 내가 얻고 싶은 자유의 모습을 찾아서.

일단 걷자. 아무튼 걷자. 어쨌든 걷자.
마구마구 걷자. 밥 먹듯이 걷자.
걷다 보니 생각이 넉넉히 펼쳐지기 시작한다.
고이지 않고 흐른다.

어느 출발의 날에, 비우고 채워지는 작은 생각들이
어느 훗날, 깊고 넓게 익어 갔으면 좋겠다.

폭풍의 계절
필사의 산책, 분노의 팔굽혀펴기

　자신뿐 아니라, 가족마저 병들게 하는 병. 오랜 시간의 재활이, 그보다 더 막막한 여정을 각오해야 하는 병. 나아지리라는 희망보다는 절망이 앞서는 병. 사는 게 사는 게 아닌 병. 치매가 그렇고 암, 중풍, 재난이나 교통사고 부상 등 여러 중대 질병에 따라 붙는 무거운 수식어들이다. 살아가면서 이런 병들과는 거리 두고 멀리하고 싶으나 사랑하는 가족, 친구, 연인, 지인에게 이런 병이 왔다는 소식을 접하는 순간, 일상은 흔들리고 시간은 불안이라는 블랙홀로 순식간에 빠져든다.

　그런 질병이 나에게도 왔다. 약 10년 전에는 협심증, 7년 전에는 뇌졸중이다. 협심증은 심장의 혈관이 좁아져 신체 전체로의 혈액순환이 원활하지 않게 되어 점차 사망에 이르는 병이고, 뇌졸중은 뇌출혈과 뇌경색으로 나뉜다. 뇌혈관이 터짐을 뇌출혈, 비립은 뇌경색이라 한다 뇌졸중의 주요 증상은 신체의 절반이 자아나 의지에 따라 조정되지 않는다. 반신불수 또는 중풍이라 부른다. 협심증을 어렵사리 치료한 지 얼마 안 되어, 다시 뇌졸중(뇌경색)으로 일상은 무너졌고 시간은 그 순간에 막히고 멈춰버렸다.

MRI로 찍은 뇌 사진. 우측 아래에 동그랗게 하얀 공간이 자리했는데 그 이미지는 시리도록 선명해서 똑바로 바라볼 수가 없었다. 이 공백은 무엇을 의미하는가? 의학적 진단을 떠나 소멸, 절망 그리고 공허의 기억으로 각인되었다. 뇌세포들도 지난한 삶의 고충을 차라리 잊고 싶었던 걸까? 이런저런 삶의 우당탕 속에, 의식하지 못하는 사이에, 켜켜이 쌓인 고통의 나이테가 하얀 공간으로 슬며시 자리 잡고 소리 없이 확장된 것이리라.

중환자실 환자들은 말이 없다. 대부분 말을 할 수가 없는 상태다. 환자 가족들의 통곡 속에 여러 환자는 유명을 달리했고, 망자는 긴 침묵이 시작되는 다른 방으로 이동된다. 생사의 사투를 벌이던 침상 자리에 남은 건 존재의 흔적과 가족 통한의 눈물뿐. 헤어짐의 시간은 단 5분. 침상 정리 시간은 25분. 30분도 안 되어 그 자리는 다른 환자로 채워진다. 소멸의 시간은 고통의 시간보다 오히려 짧다. 옆자리의 뇌졸중 환자가 절규한다. 어느 정도 정신은 있으나 몸과 혀가 의지대로 움직이질 않으니, 절망은 절규가 되는 것이려나. 인하대 병원 뇌혈관 센터 중환자실의 침상은 온종일 절규로 가득하다. 절반은 죽고 나머지 절반은 살아있는 몸과 마음의 상태. 이것은 차라리 죽음보다 더한 고통일까. 모든 침상에서 들려오는 환자들의 끝없는 절규는 생과 사의 중간 어느 먹먹한 지점에서 존재로서, 생의 의미로서 설명할 수 없는 또 다른 비애이리라.

나만 아픈 게 아니었다.

내 상실과 나의 생애만 서글픈 게 아니었다.

절규가 이끄는 낮과 밤,

침상의 세상은 온통 회색빛으로 압도당한다.

검은 소멸이 온 창문을 두드린다.

존재는 유한하다지만, 기억의 DNA는 자녀들에게 흐르고 흘러 마침내 함께 살아가니 존재는 무한하다고 누군가는 말한다. 그래서 마지막 순간 단 한 번의 호흡은 과학의 손에서 종교의 손으로 넘어가는 통로일까? 종교가 영원한 삶을 약속할 수는 없겠으나, 망자의 영혼과 산자의 사랑을 손잡아 주는 그런 역할은 종교의 몫이 분명하리라 믿는다. 그러함에도, 유한한 인간 앞의 그 찰나의 순간에는 영원보다 무거운 단어들이 있다. 소멸과 기억. 떠나는 자의 마지막 기도.

투약과 지난한 재활을 거쳐 어느 정도 회복에 이르자, 더 오래 병원에 머물 수 없었다. 밀려오는 환자들로 병상은 턱없이 부족했고 조금이라도 회복한 환자에게는 통원 치료를 권고받았다. 가족든이 마류에도 나는 다시 숙소인 여관방으로 돌아왔다. 가족마저 병들게 하고 싶지 않았고, 재활의 기나긴 여정을 오롯이 감내하여, 이 속절없는 절망의 끝에서 지푸라기 같은 희망이라도 내 힘으로 만나고 싶었다. 내 삶에 찾아온 질병도 아픔도 극복도 내가 감내하고 책임져야 할 일이기에.

인천 중구 신포동. 월세 18만 원. <하얏트 모텔>. 4층짜리 오래된 건물이다. 개인별 서너 평짜리 허름한 공간. 인천 최저가 여관방 (전문용어로 '장기 방', '벌 방'이라 부른다). 중국과 한국, 양국의 온갖 물건을 이고 지고 나르는 보따리장수들 (전문용어로 '따이공'이라 부른다) 또는 급전직하 인생의 밑바닥에 떨어진 부류의 사람들이 주로 거주하는 곳이다. 그곳에서의 수년간의 생활은 밤보다 아프고 낮보다 어두웠다. 아무것도 할 수 없었던 절망과 포기의 시공간이었다. 구멍 숭숭 난 모기장이 힘겹게 붙어있는 작은 창문. 햇살 한 점 허락되지 않는 먹먹한 공간. 작은 큐브 속에 갇힌 내 모습을 도저히 인정하고 싶지 않았지만, 거울 속에 비친 병들고 지친 한 인간의 정면은 이것이 피할 수 없는 엄혹한 현실이라고 준엄히 말해주었다.

좌절과 상실, 희망과 용기는 수없이 대립하거나 화해하면서 천지사방으로 흩어지고 모이고 휘몰아친다. 온갖 감정의 널뛰기와 일상의 소용돌이 속에서도 치열한 재활과 용기의 눈물이 그 헛헛한 시공간을 한 땀 한 땀 채워나간다. 삶의 돌부리에 걸려 크게 넘어진 폭풍의 계절은 그렇게 시작되었고, 다시 일어서려는 시간은 묵묵히 새벽과 햇살의 계절로 이어진다. 그 무심한 계절은 이렇게 시작되었다.

–

　장대비 하염없이 쏟아지던 어느 여름밤, 딸과의 통화 중에 그만 주체할 길 없이 눈물을 쏟고 말았다. 이제 다 잊고, 무거운 짐 다 내려놓고, 오롯이 아빠의 삶을 살아가라는 딸은 오히려 울지 않았고 차분했다. 현직 간호사인 아들의 세심하고 단단한 응원도 이어졌다. 참고 참았던 아픔의 눈물과 딸의 위로, 아들이 주는 용기, 그리고 어머니…. 가족은 존재 자체만으로 회복의 촛불이자 기나긴 터널을 밝히는 등불이 되어 주었다. 지금도 그날을 잊을 수가 없다.

　나로 인해 더 아파해 온 가족과 우리 아이들에게 더 이상의 아픔은 주지 말자는 단 하나의 다짐은 물러설 수 없는 마지막 배수진이었다. 상실과 아픔의 시공간에서 더 이상 나를 이 상태로 방치할 수는 없었다.

　"그래. 끝날 때까지 끝난 게 아니지 않은가."

　때라 수십여 가지의 다채로운 아르바이트로 생계를 유지하며, 천여 곳의 기업에 입사 지원을 하면서 재기의 노력을 이어갔다. 나이 많고 아픈 아저씨를 뽑아줄 회사는 없었지만 포기하지 않았다. 이를 악물었다. 포기할 수 없었다. 국내 코로나 1호 환자가 발생하기 바로 일주일 전에 한 중소기업에서 다시 일할 기회를 잡게 된 것은 신이 내려준 천운이었다. 포기하지 않았던 도전이 있었고 운이 따라 준 것이며 그 중심에는 가족이 있었다. 참으로 미안하고 소중하고 고마운 일이다. 쥐꼬리 월급은 얇고 힘없는 풀뿌리가 아니라, 깊은 늪에서 간신히 부여잡은 굵은 밧줄이 되어 주었다. 다시 일할 수 있다는 생의 눈물. 그것이었다.

오늘도 여전히, 동네 공원 <인천 자유공원>에 비가 오나 눈이 오나 줄기차게 올라간다. 어느새 7년이 넘는 시간이 흘렀다. 출퇴근 전후 시간을 활용하여 하루 세 시간 정도 걸으면 평균 만 오천 보 정도 걷게 된다. 말이 산책이지 일명 "필사의 산책"이다. 팔굽혀펴기도 하루에 스무 개도 벅찼지만, 지금은 하루에 오백 개도 거뜬히 소화한다. 하프 형태이긴 하지만 일명 "분노의 팔굽혀펴기"이다.

가슴에 걸고 가는 문장이 하나 있다.
"나뭇가지와 돌 뿐만 아니라, 비와 바람도 둥지의 재료이다."

- 이기주 작가의 <언어의 온도> 중에서

이 산책과 팔굽혀펴기는 계속될 것이다.
모든 걸 내려놓고
그 길 위에서 오롯이.

마모의 역사
"엄마"는 고유명사다.

송림동은 인천의 오래된 동네다. 이 동네에서 어머니는 40여 년간 한복 가게를 운영하셨다.

가게 이름은 <주단포목 이화>. 동네 이웃이나 손님들이나 어머니를 "이화상회" 아니면 "호섭아!"라고 불렀다. 마땅히, 나는 한복집 아들이다. 삶 바느질 수준으로 출발하셨지만, 생계형 전사 여장부 <이화상회>는 악착같이 돈을 버셨고 자식들을 키우시는데 온 젊음을 바치셨다. 조금이라도 싼값에 원재료를 구해야 하기에 경인선 전철을 타고 서울 동대문 시장, 광장시장으로 가는 시간은 언제나 꼭두새벽. 다시 인천에 내려오는 시각은 동이 트기도 전인 이른 아침이었다. 당일 장사를 바로 시작해야 하기 때문이다. 그렇게 시작한 하루의 장사는 밤 10시가 넘어서야 마무리할 정도로 고단한 강행군의 시절이었고 그렇게 어머니 삶의 고투는 세찬이 생애였다.

그 젊으셨던 청춘의 어머니도 이제 팔순 중반의 연세가 되셨다. 얼마 전, 병원에서 엑스레이 촬영을 했는데, 목에서 허리로 이어지는 척추는 확연하게 굽어졌고, 뼈 마디마디가 구분이 안 될 정도로 흐릿하다. 한복의 무게, 이화의 무게, 자식의 무게, 생계의 무게, 삶의 무게로 인한 그 희미함은 한 단어로 '마모'였다. 한 장의 영상 이미지로 보여주는 그 마모는, 그날의 흐릿한 엑스레이 사진 한 장은, 많은 것을 말해주고 있었다. 흐릿하지 않았고 분명하고 선명하게 생애의 역사를 웅변하고 있었다. 인간의 삶은 원래 불완전하고 인생에는 정답이 없다고 하지만, 그 역사의 본질은 자식과 가족에 대한 사랑을 가슴 가득 안고 걸어가는 확고하고 망설임 없는 여정이기에, 우리 모두의 어머니의 생애는 숭고하고 또한 완전하다. 마모는 그렇게 완전을 향해 가는 순환의 여정이리라.

무의식중에 외치는 말이 있다. "엄마야!" 한국인이면 누구나, 예나 지금이나, 나이와 성별에 상관없이 갑작스러운 상황이나 깜짝 놀라는 상황에 부닥쳤을 때 "엄마야!"를 찾는다. 존재에 위험이 엄습하는 아찔한 찰나. 그 순간에 외치고 구원을 바라는 외마디는 압도적으로 "엄마야!"다. 그러니 분명하다. 우리 모두의 엄마는 우리 생애 전 기간에 존재하는 구원자이고 수호신이다.

인생의 중요한 길목에서 자꾸만 넘어지는 나는 "엄마야!" 하며 지난겨울 어느 날, 빙판 바닥에 넘어졌다. 환갑의 지긋한 나이에도 여전히 찾는다. "엄마야!". 무의식 속에서 외친다. "엄마야!" 새벽 산책을 마치고 돌아오던 길에 방구석 앞에서 벌어진 참사다. 그나마 옆방 어머님이 밤새 뿌려 놓은 굵은소금 덕분에 계단 밑으로 떼구루루 구르진 않았다. 얼얼한 엉덩이를 일으키는데, 그때까지도 몰랐다. 초대형 참사가 기다리고 있다는 사실을.

손에 쥐고 있던 열쇠 지갑이 안 보인다. 방문, 대문, 자동차 키를 매달고 각종 카드 넣어둔 손지갑인데 안 보인다. 담장 너머 옆집으로 날아간 열쇠 지갑은 옆집 1층 바닥에, 어둠 속에 떨어져 있다. 뛰어내리자니 깊고, 집 간의 간격은 삼십 센티도 안 돼 보이니 뛰어내린다 해도 다시 올라오기는 어렵겠다.

새벽 여섯 시 오십 분. 가장 어둡다는 동트기 직전. 동네는 고요하고 골목은 깊은 잠에 빠져있다. 침착하자. 해법을 찾아보자. 짧은 시간에 오만가지 해법과 경우의 수를 고려했으나 답이 없다. 역시 정면 돌파뿐. 옆집 초인종을 누른다. 응답이 없다. 대문을 두드린다. 톡톡톡. 계세요. 저기요. 통장님. 애절하게 불러본다. 개미 모기 기어가는 소리다. 당연히 없다. 아무런 응답이. 응답하라 통장님이여. 초인종은 고장이고, 모두가 잠든 이 첫새벽에 큰소리를 내기도 곤란하다. 한겨울에 진땀을 흘리는데 엉덩이는 시려온다. 째깍째깍 출근 시간이 다가온다. 지각에 자비 없는 사장님이 떠오른다. 일단 택시 타고 이대로 출근부터 하자. 뛰어나가다가 급제동을 건다. 아차차!

오늘은 어머니 치과 치료의 날. 못쓰게 된 치아 발치 하는 날. 오후에 잠깐 사무실 나와서 병원 모시고 가야 하니 차를 가져가야 한다. 그 사이 삼십 분이 흘렀다. 정신이 번쩍 든다. 옆집 대문으로 탱크처럼 돌진한다. 쿵쾅쿵쾅. 철문은 휘어질 기세고 통장님, 어머님, 이봐요는 온 동네의 불을 밝힌다. 뭔 일이요. 싸움 났나. 온 동네 어머니들이 구름처럼 몰려나오신다. 그래도 응답이 없다. 옆집 통장님. 정말 너무너무 하십니다. 아무리 잠귀가 없으셔도 그렇지 말입니다. 목소리는 갈라지고 눈물마저 흐른다. 나는 갑자기 자유공원 전설의 사자처럼 포효한다. 벌게진 주먹과 철문이 우지끈 부서지기 일보 직전에 드디어 문이 열리자, 자초지종 휘날리며 킬리만자로의 표범처럼 냅다 달린다. 열쇠 지갑아. 네가 이다지도 소중할 줄이야. 다시는 네 손을 놓지 않으마.

이렇게…. 조용조용하고 지나치게 말 없던 과묵 아저씨도 포효하게 만든다. 사람들한테 주목받기 힘겨워하는 INFJ도 추호의 망설임 없이 돌진한다. 그럴 때가 있다.
"엄마"라는 보통명사가 고유명사가 되는 때.

<이화상회>가 그러하듯.

애관극장, 1관/N열/14번

울어도 좋다.

특별한 일이 없으면 매주 일요일 아침마다 산책하듯 동네 극장에 간다. 그 소박한 동네 극장은 CGV, 메가박스 같은 최첨단 상영관이 아닌 126년 역사와 전통을 자랑하는 인천 애관극장이다. 국내 최초의 영화관이라는 타이틀을 갖고 있다. 126년이라니. 상상 그 이상의 시간이다. 그 오랜 세월의 나이테가 극장 구석구석을 빙글빙글 꽉 차게 메우고 있다.

나는 이문세 형의 노래처럼 언제나 조조할인만 가는 짠 내 가득한 알뜰 문화 소비자이다. 담배는 모닝 첫 식전 땡이 제맛이고 영화는 역시 조조가 제맛이다. 세월의 풍파 속에 극장은 누추하며 얼마 전에 들여놓은 무인 매표 시스템 키오스크만이 주변 배경과 동떨어진 생뚱맞은 홀로 동동 발을 구른다. 그래도 이 시국에 생기고 볼 기회를 주고 있지 않는가. 매우 소중하고 사랑스러운 문화공간임이 틀림없다. 코로나 시국에 관람객은 많아야 십여 명. 어느 날엔가는 완전 혼자서 본 적도 있다. 이런 걸 완전 독채 찜 전세 냈다고 표현하는가? 좌석도 고정, 1관 N 열 14번. 2층 로열석이다. 그야말로 나만의 영화관이자 나만의 좌석이다. 이

것은 코로나 시국에 누리는 희한한 호사이자 아이러니가 아닐지 싶다. 이 시국이 끝나면 이런 작은 행운도 멈춰지겠지. 그래서 코로나 시국이 끝나지 말라고 생떼를 부리지는 않는다. 아무렴 그럴 리가.

어쨌든 오래 기억하려는 좌석번호 1관 N 열 14번이다. 이런 사소한 것도 기억하려고 하는 마음의 본질은 무엇일까? 소소한 일상이 너무도 소중하다는 것을 깨우친 마음과, 일상으로의 회복을 간절히 바라는 마음의 발로이기도 하겠다. 어떤 마음이 되었든 어느 먼 훗날에 미소 가득 품고 기억될 작은 추억의 좌석임에는 또한 틀림없겠다.

일요 극장에 다니기 시작하던 초기에는 나름 분위기 한껏 내보려고 팝콘, 콜라, 오징어 다리 등의 다양한 군것질거리도 잔뜩 사서 좌석 양쪽 팔걸이에 걸쳐놓고 야무지게 먹기도 했지만, 극장에서 혼자 먹는 팝콘이나 오징어 다리는 별 의미도, 별맛도 없다는 사실을 굳이 확인하고는 다신 안 사 먹는다. 물론 군것질거리 자체가 맛이 없기야 하겠냐마는 그보다는 혼자라는 쓸쓸함이 오히려 더욱 조명받는 그 궁상의 실루엣이 자꾸 양쪽 귀를 벌겋게 만들기 때문이다. 조명이 꺼지고 영화가 시작돼도, 이번에도 내 빨간 귀만 홀로 동동 발을 구른다. 극장에서의 군것질거리는 역시 사랑하는 누군가와 함께할 때 의미가 있고 맛도 있다는 엄연한 역사적, 지구적 Fact를 확인하는 순간이리라. 그냥 혼자라도 영화를 보러 가는 용기에 만족하기로 했다. 일단 거기까지. 이 주변머리 없는 성격에 혼영이라니. 그것만 해도 기적이지 말이다.

얼마 전에 기적 같은 일은 또 있었다. 그때 본 영화의 제목은 마침 '기적'이었다. 외딴 오지마을에 기차역을 만들기 위해 한 가족과 마을 주민들의 벌이는 애환의 이야기를 풀어낸 영화이다. 잔잔한 감동과 힐링을 주는 스토리인데 중간에 그만 울컥 눈물이 나고 말았다. (진정한 스몰 infj 가 확실하다) 가족 간에 살아오면서 맺힌 오해와 상처. 그것을 겨우겨우 풀어내며 이어지는 용서와 회한. 용서를 구하고 또한 용서하는 서로가 모두 상대방을 바라보고 있지만 결국, 자신을 향하는 마음이라는 의미에서 본인을 치유하는 역설적인 과정이라는 것을 영화는 말하고 있었다. 아버지 역으로 출연한 이성민 배우의 열연도 있었지만, 그 장면에서 울컥 쏟아진 나의 눈물은 그칠 줄 모르고 그만 폭풍 오열이 되고 말았다. 왜 그랬을까. 어떤 마음이었을까.

마스크 덕분에 그런 나의 모습을 얼추 감출 순 있었으나 그 순간이 황당하기도 하고 당황스러운 부끄럼은 울수록 더욱 커져만 갔다. 양쪽 귀는 빨갛다 못해 익어버릴 지경이었다. 아…. 이것은, 메민 님 마의 눈물이었다, 어지간한 일로는 눈물도 감동도 메말라 있던 50대 후반 아저씨의 저 사하라 사막 같던 가슴팍에 오아시스 같은 눈물이라니. 나 또한 개인의 결핍과 강박을 영화의 한 장면을 통해 대입하고 공감하며 시나브로 정화되는 경험, 그런 몰입의 시간이었던 듯싶다. 짧은 시간이었지만 그 시간은 평소의 그것과는 다르게 흘렀다. 이런 세계 5대 불가사의한 현상은 영화든 연극이든 문학, 그림, 음악 또는 그 무엇이든 예술과 문화의 힘이 아닐까 싶기도 하다. 아주 고마운 일이다. 우리는 모두 문화 강국 대한민국에 살고 있으니 말이다.

그래. 아저씨도 울면 좀 어떤가. 이젠 시대도 많이 변했는데. 아저씨가 좀 울었다 해서 뭐 그리 세상 큰일이란 말인가? 눌려있던 큰 바위 치우고 홀가분한 마음과도 같은 그런 눈물이라면 이제는 부끄럽거나 민망해하지 말기로 하자. 어쩌면 또르르 흐르는 눈물 한 방울은 자신에게 좀 더 가까이 다가서는 용기의 여정이자 위로의 한 걸음이고, 삶에 대한 정직한 태도가 아닐까? 목석 같은 사내도 한 편의 영화를 핑계 대고 시원하게 실컷 울어버리는 홀가분. 그것은 분명 기적 같은 일이리라. 이렇게 생각하면 일상이 기적이겠다. 우리가 처음 태어났을 때 그 기적 같은 첫울음처럼 말이다.

극장을 나서는 정오의 햇살은 보드랍고 따뜻했다.
어머니의 품처럼.

반듯한 녀석
일상은 꽈당, 인생은 삐끗

내 또 이럴 줄 알았다. 얼마 전에 방문 앞에서 넘어지더니, 이번엔 출근길, 대문 앞에서 엎어졌다. 설빙 눈꽃 빙수처럼 맛있게 생긴, 길 위의 안개빛 슬러시를 미처 못 본 노안 탓이다. 약 일주일 사이에 두 번의 꽈당에 절레절레 고개를 흔들며 하늘을 본다.

"신이시여. 얼마나 큰 기쁨을 주시려고 이다지도 잦은 시련을 주시옵니까."

넘어져 본 자만이, 아픈 자만이 그 상처와 아픔을 안다고 했던가. 아프니까 아저씨라 했던가. 이번 꽈당은 딱 봐도 전치 2주나 3주는 되겠다.

꽈당이 넘치네요
허당이 생활이다.

희한하게도 어떤 문 앞에서 자꾸 넘어지는 모양새는, 삶의 급격한 모퉁이나 중요한 고갯마루에서 수도 없이 고꾸라지고 엎어져 온 멍투성이 내 생애를 닮았다. 애달프니 서럽고 서러우니 신경질 난다. 회사로 가야 할 자동차에 우격다짐 몸뚱이를 구겨 넣고 간다. 뼈마디 아플 때마다 가는 뼈.맛.집. 동인천역 4번 출구 북 광장. <마디 정형외과>. 재작년인가 빗길 횡단보도에서 꽈당 했을 때 찍어둔 엑스레이와 이번에 찍은 엑스레이를 비교하던 의사는 그때보다 더 안 좋은 상태란다. "옆면에서 찍으면 부드러운 S자 곡선의 허리뼈 모양이 정상인데 아저씨는 일자허리예요. 너무 반듯한 일자. 그러니 주변 근육이 늘 긴장된 상태여서 조금만 삐끗해도 통증이 심하게 오는 겁니다."라고 말하며 자신의 혀를 끌끌 찬다. 원래 반듯한 녀석인 줄이야 알고 있었지만, 뼛속까지 이렇게 반듯일 줄이야.

반듯이 허리요.
인생이 삐끗이다.

허리통증은 나이 들어가면서 늘 달고 다니는 삶의 번쩍이는 훈장이려니 했지만, 너무도 반듯한 일자무식 엑스레이 사진은 끙끙거리며 누워 쳐다보던 방구석 천정에 선명하게 어른거린다.

토요일. 오늘이다. 어머니 치아 발치 마지막 날이다. 다시 몸을 꼬깃꼬깃 구겨 차에 올라 엄니 모시고 치과로 간다. 송림동 <푸른 하늘 치과>. 병원에 도착하기도 전에, 일자허리 환갑 아들의 통증을 엑스레이 저리 가라 한눈에 알아차린 폭풍 엄니는 말씀

하신다.

"아이고…. 네가 애냐. 허구한 날 꽈당에, 허당에. 내가 너를 두
고..."
"엄니가 저를 너무 반듯하게 낳아 주시고 키워 주셔서 그런 줄
로 아뢰옵니다."

엄니를 붙들고 치과로 가는 빙판길, 골고다의 언덕을 골골거리
며 넘는다. 누가 누굴 부축하는가. 폭삭 껴안은 모자의 이인삼각
실루엣은 노을 속에도, 이 와중에서도 척척 박자를 맞춘다. 어디
이런 일이 하루 이틀이냐 말이다.

"엄니 조심하세요."
"너나 잘하세요."

모자가 환자다.
친절한 병란 씨와 반듯한 녀석이다.

오신다. 첫눈
종로서적과 대한서림

공단에도 첫눈은 내린다
수출 5 공단, 6 공단
칠십 년대에도 쌍팔년도에도
이공이삼 오늘도 내린다

내린다가 아니고
내렸단다
오신다가 아니라
오셨단다

창문 하나 없는 사무실
창고 밖의 백진주
볼 시간도 알 길도 없으나
공단에도 첫눈은 나린다
분명히

나오라는 당장의 기별도
첫눈 오시면 만나자는 선약도
한여름 밤의 꿈

꿈속의
첫눈은 종로서적
창고의
첫눈은 대한서림

첫눈은 약속이다
공단에도 약속이 내린다
쇳덩이 고철 가루
이미 녹아 스러질지라도

철 지난 약속 하나
분명히

2월의 단상
애잔하면서도 강한

이렇게 2월이 간다. 유난히 빠르게 흘러간다고 느껴지는 2월. 왜 그럴까. 청년 시절에 물리학도였던 나는 이유를 과학적, 수학적으로 증명하고 확언할 수 있다. "다른 달보다 하루 이틀, 날 수가 적으니 짧고 빠르게 지나간다." 명쾌하지만 당연한 소리고, 유쾌하지만 하나 마나 한 얘기다. 맞다. 똑똑한 척하지만 싱거운 녀석이다.

계절의 여왕은 5월이고 "한가위 같기만 하여라."는 9월의 문장이다. 한 달 내내 사랑과 은총이 흩날리는 달은 12월인데, 유난히 짧고 빠르게 지나가는 2월에 부여된 문장이나 적합한 단어는 딱히 떠오르질 않는다. 주목받지 못하고 환대받지 못하는 달이려나? 엄연한 차별이고 억압이다. 일 년 열두 달, 모두에게 같은 관심과 사랑을 쏟아야 마땅하거늘, 조금 부족하다고 이럴 순 없다. 내가 나서야 할 때다.

"2월은 애잔하면서도 강한 달이다."

계절 속에서 들여다보면 쉽게 알 수 있다. 생각해 보시라. 봄에서 여름으로, 여름에서 가을로, 가을에서 겨울로. 이런 간절기 때는 대기 에너지와 자연의 움직임에 그리 큰 운동 에너지,역학 에너지가 들지 않는다. (역시, 물리학도답다 - 공대 출신이다. 응용물리학 전공)

자연스럽고 순조로우며 부드럽고 원활하게 계절의 손 바뀜이 이루어진다. 사람들 마음의 간절기에도 큰 파동의 진폭이나 몸부림이 덜 하다. 가끔 아련한 눈물과 혼미한 감기, 절절한 마음의 몸살이 있기는 하지만. (제법 문학도 같기도 하다. - (늘그막에) 사이버대 문예창작학과 재학 중)

여기에 비해, 2월은 간절기의 끝판왕이다. 꽁꽁 얼다 못해 부서질 듯한 근육의 동장군을 밀어내고 언 땅에 물길 내어 생명의 새싹을 틔운다. 이 변화의 움직임에는 엄청난 에너지가 필요하다. 숨겨진 힘은 먹먹하지만 치열하다. 눈물 콧물 어쩌지 못해 버거우니, 폭설이 오다가 비가 오며 바람마저 쏟아진다. 한 달 내에, 영하 15도에서 영상 15도를 오르내리며 급변과 진폭의 현기증을 감당해야 하니, 지끈한 몸살과 격한 몸부림이 동시에, 한 달 내내 일어난다.

나무도 사람도 마음도 부러지고 쓰러지고 기울어져도, 서로 이어 붙이고 기대고 붙잡아 주며 어떻게든 살아남으려 버티고 또 버틴다. 이 저항의 힘은 2월이 압도적이다. 겨울의 시련과 기나긴 밤의 고독을 삼월과 사월에 넘기지 않고 오롯이 감당하려 애쓴다. 그러니 애잔하면서도 강한 달이다. 어느새, 나도 2월을 닮아 있다. 우리네 생애가 열두 폭의 강을 반복해서 건너는 과정이라면, 나는 지금 2월의 강을 건너고 있으리라. 애잔하지만 강하게. 짠하지만 담담하게.

꽉 차고 넉넉하며 다정한 정월 대보름달이 2월의 가여운 인간을 바라보며 빙그레 웃는다. 음력 정월이 바로 양력 2월이다. 슬쩍 지나가는 징검다리 달이 아니라, 정화수 떠 놓고 기도하듯 2월을 온전한 한 달로서, 꽉 찬 달로서 환대하고 송별해야 마땅하다.

이월아 잘 가거라. 삼월이와 사월이 오고 여왕님도 오시면, 모두에게 전하마.

너의 고단한 수고를.

벚꽃
봄의 포말

애써 잊었노라 말하지 않아도
무겁다 두렵다 도망치지 않아도

먼 데서 밀려오는 쪽빛 파도
우르르 튀어 오른 은빛 비늘
허술한 방구석의 솔잎 바늘

너는 아니 나도 몰라
알듯 모르는 봄의 포말

무심한 때마다
눈에 담아 어질하고
틈에 끼쳐 때가우기

울고 웃는 도돌이표
끝나지 않는 노래

여리 여리
붉은 심장

버거울 시절에도

그거 하나 품고 산다
바윗돌보다 뜨거운

봄의 포구

내 이름은 네 개다

모여진 하나로서

아버지께서 내 이름을 바꾸신단다. 대입학력고사를 앞둔 어느
날이다. (넓을 호, 물 건널 섭) "호섭"에서 (동녘 동, 선비 언) "동
언"으로 바꿔야 한다고 어느 등굣길에 말씀하셨다. 왜 바꿔야 하
는지 언제부터 새 이름을 써야 하는지 정작 이름 소유주에게는
세세히 설명하거나 맘에 드냐. 어떠냐. 묻지 않으신다. 워낙에 말
씀이 없으시니 과묵하시고, 이의제기를 위한 반론의 기회조차 허
락지 않으시니 단호하시다. 묻지도 따지지도 말고 "동언"이다.
딱 한 말씀만 하신다. "너는 책 읽기 좋아하고 늘 책상머리에서
공부하는 녀석이니 동쪽에서 온 선비, 동언이다. 그리 알아라."

어린 호섭은 맥없이 어리둥절 등교했지만, 이 사건은 오래도록
머릿속을 맴맴 돌았다. 개명이 그리 흔치 않던 시절이었고, 무엇
보다 친구들이 나를 부를 때 어색해하거나 낯설어 놀리거나 할
그 생에 께면이 떠오르니 이름 어쩌나 하며 속만 태운다.

하지만 아버지의 이 시도는 성공하지 못한다. 반드시 개명이
필요하다고 인정되는 경우에만 나라에서 특별히 허용 해주거니
와, 다른 무엇보다도 어머니의 강력한 반대에 부딪혀 아버지는

뜻을 이루지 못하셨다. 공부하기도 바쁜 이 시기에 쓸데없이 웬 개명이냐고 야단이었던 어머니는 한복 가게 주인장이셨고 아버지는 조용한 셔터맨 이셨으니 애초에 승부가 안 되는 게임이었다. 그렇게 동언이라는 이름은 찻잔 속의 태풍으로 사그라졌다. 약주가 과하신 날마다 "동언아"라고 부르시던 아버지의 나지막한 음성은 이제 역사의 추억으로 남는다.

아들의 이름을 바꾸려던 아버지의 마음은 어떤 마음이었을까? 할아버지께서 지어오신 이름이 별로였던 걸까? 어느 유명한 작명소에서 손주의 이름을 지어와 뿌듯해진 할아버지는 "넓을 호, 물 건널 섭"으로 날 부르신다. 할머니는 정작 다른 이름으로 날 부르신다. "호범아". '호섭과 아범'을 한꺼번에 담은 의미인지 모르나 집안에서 오래도록 불려온 아명이다. 호섭도 호범도 별로였던 아버지는 무려 20년 가까이 묵혀왔던 거북한 마음을 개명이라는 도전으로 털어내었으나 미완에 그친다. 그 심정 또한 궁금하다. 이름을 바꾸면 아들의 미래가 좀 더 희망차려나. 안온하려나. 기대하는 마음의 바탕은 아버지의 사랑이리라 추측할 뿐이다. 이제는 여쭐 수 없으니.

"나의 본질은 무엇인가."

일생에 걸쳐 궁금했던 이 질문을 다시 꺼내 보면 성격, 성향, 인성, 경험, 외모, 나의 글 등 나를 표현하는 몇 가지 단어들이 떠오른다. 여러 요소가 있겠으나 한 가지 더 있다. "이름"이다. 한 사람의 주체성과 고유성을 이름이라는 짧은 단어로 명명한다. 이 유일무이성은 기나긴 삶의 여정 속에 나의 본질을 대표하고 때로는 대변하며 나를 세상에 알리거나 보호한다. 세상에 태어나서 부여되고, 세상 속에 살아가면서 굳혀지는 이름이 곧 "나"로 인식되는 게 당연하듯이 이름 속에 간직된 건 오로지 나 홀로 인 듯 보이지만, 역설적으로 이 고유한 이름에는 나만이 들어 있는 게 아니다.

단 세 글자 비용치고는 터무니없이 많은 돈을 작명소에 내신 고심 많던 할아버지가 계시고, 담배 피우시던 조그마한 손으로 우리 손자 "호범이" 누룽지, 떡볶이 한 사발 끓여주시던 다정한 할머니가 보이며, 아들의 한자 이름이 마뜩잖으나 수신자가 "김호섭"인 어느 회사의 최종 합격 통지서 등기우편을 받아 들고 온 동네잔치를 벌이시던 과묵한 아버지가 계시며, "너는 나이 들수록 네 아버지를 닮아가는구나." 아버지가 그리울 때마다 또박또박 "기모섭"을 부르시는 어머니가 계신다.

그러니 내 이름은 이 네 분의 총합이다. 그 이름이 없으면 내 이름은 증명할 수 없다. 존재할 수 없다. 어느 훗날, 내 이름도 아들딸에게로 흘러가 손자 손녀의 이름과도 만날 것이다. 이래서 개인의 삶은 유한하지만, 이름은 살아서 가족의 역사 속에 흐르는가 보다. 유구하게.

그러니 잘살아 내야 한다. 내 이름 석 자 걸고.
이래서 내 이름은 네 개다. 아니 하나다.

"넓을호물건널섭아호버마동어나기모서바"

그러니 모여진 하나로서,
사랑해야 마땅하다.
나를.
내 이름을.

달의 뒷면
햇살은 사계절 내내 흐른다

여름 장마처럼 쏟아지던 비 그치고, 새벽하늘의 햇살이 오랜만에 근사합니다. 무거운 몸과 마음 일으켜 다시 길 위에 섭니다. 헛둘헛둘 리듬에 맞춰 춤도 출 수 있고, 씩씩하게 걸을 수 있는 건 봄날의 햇살 때문이고 다시 일어설 수 있는 건, 그런 사람들 귀한 사랑들 덕분입니다.

지독한 독감 탓에 아직은 잔기침이 남아있고
멈추지 않는 기침 탓에 연약한 허리는 자꾸만 끊어지고
주사 부작용으로 여전히 저릿저릿하지만

때로는 아프고
이따금 울고
사름한 비에 및 써기 넘어지기도 하지만

우리는 압니다.
흐린 날이 있으면 밝은 날이 있고
흐린 아픔과 그늘이 한 생애에 공존하여

밝은 햇살의 고마움과 소중함을 너무도 절절히 알 수 있게 해
준다는 사실을.

우리는 잘 압니다.
밝은 달의 앞면에서 우리가 춤추고 일하고 사랑할 수 있는 건
보이지 않는 달의 뒷면에서 선명한 사랑과 정성의 정화수로
기도하고 보듬어 주시는 부모님 덕분이라는 사실을.

출근길에 본가에 잠시 들러, 어머니께 '꽃보다 천혜향'을 품에
안겨 드립니다.
미리미리 꽃 한 송이 준비하지 못한 서투른 나를 반성하고
아들이 아프면 더 아파 몸져누우시는 어머니께 죄송하며
자주 찾아뵙지 못하는 선산의 아버지께 또한 면목 없습니다.

마음대로, 바라는 대로 되지는 않겠지만
더는 아프지 말아야겠습니다.

온 생애가 밝지만은 않고 흐린 날도 있겠지만
오래도록 기억하고 사랑해야 하는 건
사계절의 햇살 품은 부모님.

햇살은 뒤에서 앞으로, 먼 데서 가까이, 태초에서 영원으로 흐
릅니다.

기도의 하늘에서 소망의 땅으로 우리가 모르는 밤과 새벽 사이에도 쏟아집니다.

우리가 달빛에도 걸을 수 있고 빗속에서도 춤출 수 있는 이유입니다.

햇살 좋은 어버이날입니다.

비가 왔더라도 상관없습니다.

햇살은 늘 내 안에 있으니까요.

2부.

있는 그대로의
호흡과 속도로

오월의 전기장판
불안의 대항마는?

"오월 말이 돼서야 걷어 내었다. 전기장판."

요즘 이런 말투에 꽂혔다. 예를 들면, "나랑 하자. 사랑.", "우리 떠나자. 제주도." 이런 식의 문장 배열이다. 예를 들긴 했지만, 그리 적절한 예는 아닌 듯싶다. 사랑과 제주도에 비하면 전기장판은 소박이 과하다 못해 철철 넘쳐흘러 부끄러울 지경이다. 게다가 오월의 신부, 팔월의 크리스마스 이런 멋스러운 비유도 아닌 오월의 전기장판이라니.

겨우내 끼고 살던, 아니 깔고 살던 주황색 1인용 전기장판이다. 지극히 소박하지만, 추위를 견디고 버티게 해주는 살림 도구 중 매우 소중한 아이다. 이름까지 지어줬다. [따수이].

몸에 좋다는 황토도 아니고 최첨단 세공 안마 기능이 있는 것도 아닌 그저 '기냥집' 같은 동네 마트에서 쉽사리 구매할 수 있는 그저 흔한 장판이다. 전기장판이 모여 있는 코너에 가면 그 아이들은 대부분 주황색이다. 왜 주황일까? 한국 전기장판 협회에서 공식적으로 선정한 색은 아닐 테고, 컬러 심리학 측면에서 소비자들의 구매 충동을 느끼게 하는 데 최적의 색채인지는 전문

가가 아니라서 모를 일이다.

　나무 위키는 말한다. "주황은 빨강과 노랑을 합친 색으로 정의, 원기, 약동, 활력, 만족, 유쾌, 적극 등을 상징한다."라고. 또한, 이런 분석을 하는 네티즌도 있다. "주황은 불안을 유발하거나 경계의 의미를 나타내기도 한다."라고. 나무 위키의 지극히 평범한 정의보다는 네티즌의 분석이 눈길을 끈다. '불안' 옳다구나! 외부 온도 25도가 넘어가는 오월 말이 돼서야 전기장판을 걷어 내는 심리의 근저에는 '불안'이 깔려 있었던 거다. 유난히 추위에 약한 체질이기도 하지만, 어느 해 겨울, 타국에서의 극강 추위로 고생했던 몸의 기억이 트라우마로 남게 된 것이리라. 추위 불안의 가장 큰 원인이겠다. 아이러니이긴 하지만 이렇게 장판의 주황이 어느 불안과 맞닿게 되었다.

　사업한답시고 중국에 건너가 약 1년 반 동안 좌충우돌하던 시절이 있었다. 어느 날 갑자기 전기 공급이 끊겼다. 늘 있는 일이란다. 하루하루, 패딩 점퍼 하나로 극강의 추위를 버텼다. 3주 정도 후에야 전기가 들어왔으나 온방까지 할 정도의 충분한 가동은 더 한참 후에나 가능했다. 그때 그 시절의 하얼빈은 영화 <Tomorrow>에서 연출된 지구 종말의 영상처럼 뼛속까지 각인되었고 그것은 추위에 대한 불안으로 체득된 것이겠다.

요즘 이런저런 독서를 하던 와중에 또 꽂힌 게 있다. 이번엔 어떤 '어순'이 아니라 단어다. 수많은 단어 중에 유난히 마음에 꽂힌 키워드. '용기!'다. 살아가면서 다양한 용기가 필요하겠고, 요구되겠지만 이번에 한 가지는 확실하게 나의 것으로 만들기로 했다. 마음의 추위에서 벗어나는 용기. 불안에 대적할 대항마로서 이보다 적절한 카드가 더 있을까 싶다. 그만 불안해하고 그만 좀 떨어라. 나에게 필요한 수백만 가지 용기 중의 하나이겠다. 이렇게 자잘하고 극히 소박한 불안이라도 자신의 의지로 줄일 수 있다는 경험을 자꾸 쌓아보기로 하자. 내 삶에 켜켜이 쌓여있는 크고 작은 수많은 불안도 결국은 한 걸음 내딛는 용기의 발걸음에서 그 극복은 출발하리니.

그 용기의 실천 계획으로서, 내년에는 [따수이]를 4월쯤에 걸어보기로 미리 용기를 가져본다. 겨우 한 달 단축이라고? 하여튼 내가 봐도 절대적으로 소심한 인간이긴 하다. 하지만 어쩌랴? 그 기준은 내가 정하면 되는 법이니까. 단언컨대, 불안도 잘 관찰하면 벗어날 수 있다. 그리 믿는다.

"긴 관기이 시서이 대사을 변화시킨다."는 아인슈타인의 말처럼.

재채기와 사랑이 지나가면
담이 왔다. 답이 없다!

"담이 왔다. 또는, 담이 걸렸다."라는 표현이 있다. 와서 걸린 거란다. 담아, 넌 어디서 왔는가? 담 넘어왔는가? 왜 왔는가? 어디에 걸려 있는가? 담벼락에?

새벽 두 시, 기상 시간이다. 이부자리를 개고 침대 모서리에 떡하니 걸터앉는다. 육신보다 게으른 영혼이 깨어나길 기다린 다음, 책상머리로 다가간다. 의자에 앉으려 허리를 구부리는 찰나, 터졌다. 재채기. 허리에서 등으로 올라오는 짜릿 저릿한 통증. "엄마야! 아야!" 심상치 않다. 그 녀석이다. 담이 와서 걸렸다. 이 상황을 냉정히 인식하자. 문제를 고립화시켜 더 이상 확산치 말고 최소화해 다른 신체 기관의 놀람을 차단하라. 고통을 객관화시켜 무엇이 문제이고 최적의 솔루션은 무엇인가…. 신속히 전두엽에서 분석…. 은 개뿔. "헉" 그 한마디 외엔 세상 쓸모가 없다. 살면서 이런저런 병치레를 해왔지만, 하다 하다 재채기하다 담까지 걸리다니, 이 하등의 아무짝에도 쓸모없는 허술한 몸뚱이여.

앉지도 서지도 못하는
이러지도 저러지도 못하는

아프냐? 나도 아프다. 라고 말해주는 이 없는

눈물과 진땀의 시간이다.

5분, 10분…. 영겁의 시간이 흐른다.

긴다. 자칭 천하의 상남자가 긴다. 아무도 보는 이 없지만 살짝 부끄러워했던 것은 고백한다. 침대로 설설 긴다. 이 지경에 웃음이 나온다. 웃는 게 웃는 게 아니다. 기괴하다. 통증은 시간이 갈수록 줄어들기는커녕 질긴 생명력을 뿜낸다. 곡소리가 절로 난다. 알약에, 주사액에, 물리치료에 정신마저 혼미하다. 재채기하다가 뼈도 부러진다며 재채기할 때 그만큼 자세가 중요하다느니, 약 먹고 잘 치료하면 일주일, 그저 충분히 휴식만 해도 7일 정도면 낫는다는 동네 의사의 하나 마나 한 진료 상담에 울컥 소리를 지를 뻔했다.

이렇게.

'아니, 이 양반아, 재채기가 무슨 쓰리, 투, 원, 제로 누리호 발사! 하는 것처럼, 초읽기하고 발사하나요? 싸이처럼, (친절하고 신나게) 준비하시고 쏘세요! 하고 쏘나요? 어떻게 준비 자세를 취합니까? 재채기와 사랑은 숨길 수 없다고 하잖아요. 갑자기 와서 어디에다가 숨길 새도 없는 무의식의 시간에 오니까. 그닌네, 자세라니요. 당신 의사 맞아요? 이런 젠장. 그런데 자세 잡고 재채기하라는 당신의 말은…. 맞더군요.'

속으로 혼잣말하길 잘했다. 네티즌들이, 글쓰기 벗들이 실시간으로 알려준 덕이다.

그렇게 갑자기 재채기는 찾아오고
재채기가 지나가면
담만 남는다.
7일이 지나도 여전히 아프다.

그렇게 갑자기 찾아왔던 사랑도
사랑이 지나가면
아픔과 상처, 애련과 자책만 남는다.
7년이 지나도 여전히 아리다.

얼마나 아리고 아팠으면
두근거리는 마음은 아파도
목이 메어와 눈물이 흘러도
이문세 형은
그 사람, 그대를 모른다고 했을까.

재채기도 사랑도 실로 당황스럽고 어렵다.
그래서 그 현명한 수학 철학자 피타고라스마저도
오죽하면 이런 말을 했을까.

"답이 없다."

왜 자꾸 아플까?
열아홉에서 스물다섯 사이

7월 초. 폭염의 날씨다. 옛 시인은 청포도가 익어 가는 계절이라고 7월의 포도와, 청포를 입고 올 손님을 염원하는 마음을 참으로 근사하게 표현하셨지만, 폭염 속의 나는 포도뿐 아니라 사람마저 익어버릴 폭염과 담 통증으로 그저 오롯이 짜증을 맞이할 뿐이다. 짜증을 멋진 시로 표현하기에는 역량 부족이다. 짜증에도 색과 맛이 있다면 그것은 어떤 색, 어떤 맛일까? 아마도 열불 터지는 붉은색 계열일 테고, 먹지 않고 냉장고에 오래 두어서 상해버린 두루치기 맛? 생각만 해도 두루두루 짜증 제대로다.

분위기 반전이 필요하다. 드라마나 영화에서만 반전이 필요한 건 아니니까. 내 삶의 시나리오를 쓰는 메인 작가는 오로지 나이기에 이 시점에 달콤한 이벤트를 슬며시 끼워 넣는다. 커피다. 호 기분에 때문을 나서 예전에 찜해두었던 공원 근처 신장개업 카페로 향한다. 카페 이름은 <스물, 다섯>. 스물다섯 살 아래 청춘만 입장을 허락하는 카페인가? 내 나이가 올해 (마음만은) 열아홉이니 나는 충분히 입장해도 될 터이다. 모처럼 쾌적한 공간에서 커피와 함께 독서도 하고 글도 좀 쓰고 하면서 오랜만에 사람다운, 작가다운 시간을 즐기려는 바램으로 카페에 들어서는데 몰아치는 것은 북극 한파다. 널찍한 카페 공간은 에어컨 냉기가 사람보다 가득하다. 시원함이 넘쳐 이가 시리다. 여기 사장님은 아마도 시원시원하신 분인가 보다.

커피와 함께 세 시간 정도 몰입의 시간을 보낸 뒤, 카페 문을 열고 나섰는데 갑자기 코에서 주르륵 콧물이 흐른다. 콧물쯤이야 별 대수롭지 않게 생각했다. 그때는 몰랐다. 또다시 아픔의 시간이 오리라는 것을. 그날 밤부터 몰아치는 기침과 재채기, 몸살, 인후통, 오한, 고열, 두통…. 쏟아지는 기침에 가까스로 달래 왔던 담 통증까지 옳다구나 합세해 한 마디로 총체적 난국의 밤이 괴롭다.

주말이 지나고 이삼일이 지나도 차도가 없어 병원에 갔더니, 의사 선생님은 <냉방병으로 인한 목감기, 코감기>로 나의 병을 진단한다. 에어컨을 너무 많이 쐬거나 춥고 더운 온도의 급격한 차이에서 오는 신체의 온도조절 기능 오류라는 부연 설명이 뒤따른다. 왜 자꾸 아픈가? 육십 년 가까이 이 지구별에서 살아왔으면 이제 웬만한 병치레나 질병에는 이골이 날 법도 한데, 매번 다가오는 아픔은 어쩌면 이리 신선한가? 심지어 로켓 배송이다. 빠르게 온다.

일론 머스크는 <세계 정부 정상회의>에서 "인생에서 가장 어려운 과제는 무엇인가"라는 질문에 대한 답변으로 "교정적 피드

백 순환구조 Corrective Feedback loop을 만드는 것."이라 답한다. 나와 다른 생각을 말해줄 수 있는 사람들을 주변에 두는 것이 중요하다는 의미이다. 사업 실패나 오류로부터 교정을 위한 주변의 진실한 조력자의 중요성을 설파한 사업가의 식견을 엿볼 수 있다.

이 답변에서 '교정'에 주목해 보자. 성공적인 사업을 위한 통찰뿐 아니라, 우리의 몸도 마음도 이런 교정적 순환구조가 필요하겠다는 작은 생각은 이렇게 정리된다.

'살아가면서 어차피 몸의 아픔은 반복적으로 다가오는 일상일 테니, 교정적 피드백 순환구조를 통해 다음번 아픔에는 당황하지 말고 차분히 아픔을 맞이하고 대응하자. 마음도 마찬가지일 테고. 다시 그 실패를, 아픔을 방지하기 위한 습관이나 자세도 개선하는 효과도 있겠다. 그 순환구조의 조력자 중 가장 핵심적 주체는 나다. 내가 우선 인지를 해야 하니 말이다.'

몸도 마음도 다양한 신호를 보낸다. 그것은 아픔 또는 슬픔이라는 우리의 감각과 감정을 이용하여 전해진다. 왜 자꾸 아프냐고 짜증만 낼 일이 아니다. 아픔을 대하는 슬기로운 태도는 나이가 들어가면서 아무 노력 없이 전 자동으로 체득할 수 있는 게 아니라, 그때그때 그 순간마다 치열하게 몸과 마음의 신호를 알아채고 제대로 교정하고 응답하는 순환의 과정에서 얻게 될 것이다. 이는, 더 넓고 깊은 지혜와 연륜의 호수에 이르는 길이기도 하겠다.

여름철 출퇴근할 때와 외출할 때는 이제 긴팔 셔츠를 하나 챙긴다. 뭔가를 생각하고 미리 대비하는 모습이 기특하다. 제법 한 계단 성숙해 보인다. 열아홉에서 이제 스물다섯쯤 되어 보인다.

나비처럼 날아서 벌처럼 쏜다.
사뿐사뿐 가벼운 글쓰기

"타. 다. 다. 다"

벌에 쏘였다. 네 방이다. 워낙에 순식간에 일어난 일이기에 좀 더 세밀한 상황 설명이 필요하다. 주말 장을 보고 와서 문을 열고 방으로 들어서는 순간, 머리 위 1m 부근에서 미세한 움직임을 감지한다. 공기를 가르는 파동과 주파수가 예사롭지 않다. 싸하다. 고개를 드는데, 날아온다. 벌 두 마리가 동시에 나의 초롱초롱한 왼쪽 눈동자를 향해. 나비처럼? 그럴 리가. 곡선의 부드러움은 전설의 복서 무하마드 알리의 가벼운 발놀림에나 어울리고 벌들은 오로지 직선 직진 화살표로 날아온다. 눈동자를 잃으면 안 된다. 아직 못본 세상과 인간의 아름다움이 얼마나 많은데…. 눈동자 바로 앞에 보이는 벌 두 마리는 공포 그 자체다. 반사적으로 고개를 비튼다. 눈동자는 아슬아슬 피했으나 코에 첫 방을 물렸다. 아뿔싸. 이어서 왼쪽과 인중께, 외쪽 다리 각 한 방씩 합이 네 방이다.

인천 골드 비즈 최고의 투톱 스트라이커들은 환상적인 티키타카를 구사하며 내 허술한 왼쪽 몸매 옆줄을 따라 치달리어 윙백 수비 진용을 여지없이 무너뜨렸다. 자칭 K-동네 리그 최고의 수

비진이지만 속수무책이다. 워낙 찰나의 일이니까. 그래도 마지막 문지기인 빛나는 동물적 운동신경 덕분에 머리와 몸을 비트는 슈퍼세이브가 펼쳐진다. 배는 얍! 하고 숨겨진 복근으로 벌의 침을 밀어내고, 다리도 살짝 비틀어서 피해는 크지 않다. 점수는 4:0 이 될 뻔한 2:0이다. 졌지만 잘 싸운 게임이다.

코가 얼얼해진다. 챔피언 알리한테 한 방 맞은 듯 묵직하고 알싸하다. 들고 있던 장바구니를 바닥에 내동댕이치고 번개처럼 싱크대로 달린다. 수도꼭지 찬물을 틀고 코를 들이댄다. 자세가 별로다. 아무리 위급한 상황이라도, 아무리 보는 사람 없어도 인간의 존엄과 품위는 지켜져야 한다. 손에서 가장 가까운 그릇을 집어 든다. 수년 전 지인에게 선물 받은 [다이소] 얼룩무늬 커피잔이다. 잔 받침은 깨져서 없다. 지금 그 커피잔을 받게 된 사유와 잔 받침이 깨진 사유를 세세히 설명할 겨를이 없다. 라고, 또 글을 쓸 시간도 없다. 글을 쓰거나 생각하다가 자꾸 딴 길로 새는 이 삼천포를 탓하고 있을 상황이 아니다. 허겁지겁 커피잔에 찬물을 담고 코를 담근다. 그 유명한 '접싯물에 코 박고'이다.

이게 뭐 하자는 상황인가. 이 자세 또한 별로다. 기괴하고 어이없다. 이른바 황금 시간이다. 안 되겠다. 욕실 샤워기를 틀고 차디찬 물줄기에 온몸을 맡긴다. 옷을 입은 채.

벌에 쏘인 게 화상이라도 입은 듯이 화들짝 뜨거움을 느낀 건

왜일까. 중국 하얼빈, 연변, 위해. 산둥성 쪽 사람들은 덥고 뜨거운 날씨를 따갑다고 표현한다. "아, 날씨 참 따갑다." 이런 식이다….

그런 글을 쓰고 싶었다. 박웅현 작가의 저서 <책은 도끼다>에서의 은유처럼, 머리가 또는 가슴이 쨍하니 갈라지는 울림과 감동이 철철 넘쳐흐르는 글, 통찰과 깨우침이 있는 글, 벌처럼 알싸하니 얼얼하니 빡 쏘는 글, 그런 책 말이다. 한마디로 정신 번쩍, 감동 콸콸, 찬물 샤워, 눈물 샤워, 천둥 번쩍한 글로 세상과 이야기하고 싶었다.

어쩌면 그런 책들과 거장 작가들 필력의 화려함에 한껏 매료되어 푹 빠져 헤어 나오지 못하던 시절에, 글은 또는 책은 이래야한다는 나름의 기준을 설정해 놓았고, 만약에 내가 글을 쓴다면 당연히 이런 글을 멋지게 써야지. 그렇게 쓰겠지. 라는 야무진 각오를 다지던 시간이 있었다. 그렇게 다지다 좋은 세월 다 보냈다. 하지만 그런 묵직하고 번쩍이는 글을 쓰기에는 내가 한참 부족하다는 사실을 알기까지에는 그리 긴 시간이 걸리지 않는다. 거장들이 이마서마한 그릇에 담긴 사색과 통찰, 고뇌와 번민이 버무려져 번쩍이고 묵직한 한방 있는 글이 된다고 생각해 보면 나의 그릇은 그저 삼천 원짜리 잔 받침도 없는 덩그러니 [다이소] 얼룩무늬 커피잔도 감지덕지라는 것은 글쓰기를 시작하면서 바로 알게 된 현실이다. 또한, 그들의 한방이 그냥 어느 날 툭 하고 하늘에서 떨어진 것이 아니라는 것도 이제는 안다. 넓고도 깊은 사유와 숙성의 시간이 그 한방과 함께하고 있음을 이제는 안다.

그렇다고 예전처럼 위축되거나 주눅 들지 않는다. 작가의 길로 들어선 이상, 난 예전의 내가 아니다. 거장들을 그저 부러워하거나, 빛나는 작가님들과 비교만 하고 한숨 쉬느라 방구석을 꺼뜨리진 않는다. 분명한 사실 하나. 쓰는 자 이전의 나로 되돌아가고 싶지 않다. 나만의 작은 그릇 속에서도 작은 나비의 날갯짓을 노릇노릇 펼치자. 오롯이 나의 우주를 헤엄치듯 유영하면서 건져 올린 일상의 소소한 이야기들이 내 인생의 한 문장으로 정리된다면 고마운 일이겠고, 도끼처럼 벌처럼 쩍쩍 번쩍 얼얼하지는 못해도 누군가의 험난한 인생 여정에 친구가 되어 줄 반딧불이 같은 쓸모라도 있다면 감사한 일이겠다. 작은 자전거든 큰 자전거든 작동의 메커니즘은 같다. 초보의 작고 여린 날갯짓으로 부푼 숙성은 더 큰 그릇으로 더 큰 자전거로 옮겨가리라. 긴 호흡으로 몸으로 밀고 가는 꾸준한 반복이 이를 가능케 하겠지.

벌처럼 쏘기 전에 사뿐사뿐 가벼운 나비가 되자.
존재의 가벼움은 밀란 쿤데라의 전유물이 아니며
천지사방으로 펼쳐지는 가벼운 발놀림은
무하마드 알리만의 소유권이 아니다.

나비는 누구나 꿈꿀 수 있는 자유다.

일상을 일으키자
저 멀리 봄이 온다

거의 일주일을 방구석 침대와 일심동체로 살았다. 자주 아프고 회복도 느리니 나이 먹는 것을 자주 체감한다. 널브러진 뼈마디 주워 모아 일자 척추 일으켜 공원에 올랐다. 허리 눌려 책상머리에 30분 이상 앉기도 버거우니 독서도 뭔가를 쓰는 일도 만만치 않다는 건 핑계에 가깝고, 좀이 쑤셔 못 견딤이 통증을 이겨낸다. 이런 면을 보면 아직은 젊은가 보다.

인천 내항에 큰 배가 들어와 있다. 새 차인지 중고차인지를 잔뜩 신고 나갈 수출선적으로 보인다. 저 배는 어느 나라로 떠나는 걸까. 수출역군의 한 사람으로서 남 일 같지 않다. 잔뜩 밀려 있는 회사일, 더욱더 잔뜩 화나 있을 사장님이 떠오른다. 흐린 하늘이 내 마음 같다. 고개를 좌우로 부르르르 흔들어 스트레스를 털어버린다. 이런 모습은 마치 정글의 왕 사자에 쫓기다 겨우 도망친 사슴이 생과 사의 스트레스 풀려고 온몸을 부르르르 떠는 모습과 비슷하다. 인간도 동물이니까.

공원 어르신들 나무들 새들 고양이들 바람들 광장의 댄서들

(뭔가 하나가 빠진 듯하지만) 모두 그대로 제자리를 지키고 있다. 모두가 묻는다. 어디 아팠냐고. 뭐 하느라 코빼기도 안 보였냐고. 허리 삐끗 정도로 무슨 엄살이냐고. 항구의 어머니들. 정겹고 유쾌한 타박이 이어진다. 허리 쭉 펴고, 음악에 맞춰 장윤정 트위스트를 DJ DOC와 함께 추워 본다. 엉덩이 살랑살랑 흔들어 보려 하지만 삐걱삐걱하고, 기가 막힌 칼 박자는 엇박자 제멋대로다. 겨우 사나흘 만에 6년간 쌓아 올린 공든 탑을 무너트릴 순 없다. 차츰 리듬을 쫓아가고 꽃사슴 곱고 우아한 춤 선을 다시 그려낸다. 댄스 타임이 끝나갈 무렵 되니 슬슬 몸이 풀리려 한다. 몸으로 체득된 건 이렇게 DNA로 남아 멍들고 아픈 세포들을 달래고 어르고 이끈다.

다시, 산책길로 접어든다. 새들이 고양이들이 나무들이 반겨 맞는다. 친구들과 일일이 인사하고 묵묵히 발걸음을 옮긴다. 상념에 잠긴다. 한 인간이 들어서자 이제야 빠진 퍼즐 조각 하나가 꿰어지니 공원의 톱니바퀴가 비로소 제대로 돌아간다. 어느새 이 인간도 공원이 되어간다. 인간도 자연이니까.

이제 회복의 시간이다. 천천히. 다시. 일상을 일으키자.
저 멀리 봄이 온다.

봄이 오는 소리

아프지 말자

봄의 예감을 정혜윤 작가는 <아무튼 메모>에서 이렇게 표현한다. "슬플 때는 사소한 기쁨도 결정적이다. 괴로움 속에서 말없이 메모하는 기분은 얼음 밑을 흐르는 물소리를 듣는 것과도 같다. 곧 봄이 올 것이다."

슬프거나 아플 때, 봄이 오는 소리, 잉태된 봄을 더 빨리 깊이 알아차릴 때가 있다. 이럴 때처럼 말이다.

- 사소한 말 한마디가 훅하고 다가올 때가 있다. 어디 아팠냐며 어디 멀리 여행 갔다 왔냐며 무심한 듯 툭, 오다 주웠다는 듯이 던지는 동네 어머니들의 안부 인사는 봄보다 먼저 오는 봄의 전령이다. 공원 산책을 하면서 그저 묵례나 간단한 인사만 나누는 과묵한 일상에는 보는 듯 안 보는 듯 서로의 안부와 안녕을 묻는 눈빛이 소리 없이 흐른다. 길에서 만난 이슬처럼 코끝을 적신다. 급기야 명함 하나 달라고 하신다. 하도 안 나오면 걱정이 되셔서 당신께서 몇 날 며칠 잠을 이룰 수 없다고 하신다. 연락처를 모르니 물어볼 수도 없었다고 타박하신다. 다정도 병인듯하여 잠 못 이뤄 하신단다. 말씀이 터지시니, 사시사철 아낌없이 쏟아져 내

리는 봄 내음으로 마음속을 끝내 적신다. 아버지들은 뒤에서 역시 과묵의 미소만 보내신다. 그 옛날 나의 아버지가 그리워지는 넉넉한 미소는 또 역시 해맑은 봄의 햇살이다.

한 아기가 태어나면 온 마을이 키우신다며
한 아저씨가 아파도 온 마을이 염려하신다며
휘적휘적 걷는 내 모습이 안쓰러우셨나 보다.

내가 뭐라고….

아프지 말자.
혼자가 아니다.
다시 봄이다.
봄은 우리다.

두 생명체의 낙하
긍정하는 건 기꺼이 책임지는 일

기분이 계속 가라앉는다. 마음이 계속 무겁다. 왜일까? 찬찬히 마음을 들여다보아야 할 시간이다.

지난 토요일 AM 05:10

평소보다 10분 정도 늦어졌다. 새벽 공원 산책 시간이다. 어제 엄청난 비와 바람이 쏟아져 공원을 오르는 길엔 다양하고 수많은 나뭇잎이 나뒹군다. 중간쯤 올라설 무렵 "우지지지지 지지 끈, 투 더 더덕" 좌측 돌담 위쪽에서 들려온다. 이 새벽에 누가 무슨 작업을 하는가? 올려다보는데…. 낙하한다. 나뭇가지다. 본능적으로 걸음을 멈추고 "돌발"을 외치며 잽싸게 한두 걸음 후진한다. 눈앞 5미터 앞에 우당탕 떨어진 나뭇가지는 길이가 대략 5미디, 두께는 15cm 정도 되는 중견 가지다. 가녀린 영세 잔가지가 아니다.

바닥에 나뒹구는 그 아이를 다시 찬찬히 바라본다. 부러진 부위의 새하얀 단면이 보인다. 더 시리게 하얀 뼈가 보인다. 유혈이

낭자하다. 아리고 쓰리다. 오랜 세월 키워 온 나뭇가지에 머금은 물과 바람의 무게를 견디지 못하고 버틸 수 없었던 고목. 나무 전체의 생존을 위해 그가 내린 고독한 결정과 선택. 그 뼈아픈 고통이 보인다. 부모의 마음이 보인다. 바라보는 마음은 무거움이다. 현장 사진을 찍고 나뭇가지를 바로 옆 풀숲으로 끌어 놓는다. 그 속에서 평안하여라. 경건히 성호를 긋고 다시 산책길에 오른다.

지난 일요일 PM 13:00

　장 보러 신포 국제 시장으로 들어선다. 시장 입구에 다다르자, 몇 사람이 모여 웅성웅성한다. 어깨너머로 보니 새끼 고양이다. "어머, 어머 어떡해, 저 위에서 떨어졌어…."

　"아직 살아있는 듯한데, 어떡해, 어떡해…." 바닥에서 버둥버둥 거리며 고통으로 몸부림치는 새끼 고양이의 몸은 약 15cm 정도도 안 된다. 아주 어린 새끼 고양이다. "비켜 봐요. 비켜봐. 떨어진 지 얼마나 되었나요?" 내가 모두에게 던진 질문에 닭강정 집 이모님이 말한다. "5분도 채 안 되었어요." 어떡하냐며 안타깝게 외치기만 하며 사진을 찍고 있는 사람들이 보인다. 그러나 나는 사진을 찍지는 않는다. 스러져 가는 생명체에 대한 최소한의 예의다. 나뭇가지의 사진은 순간의 마음을 기억하기 위한 기록이지만 지금은 응급. 비상사태다.

　인간들의 틈을 비집고 들어가 산업 안전 공단에서 배운 심폐소

생술을 즉각 실시한다. 손가락으로 고양이의 희박한 맥박이 전해진다. 아…. 이 가녀린 생명체여. 어미는 어디 있느냐. 동시에 바로 119에 전화를 건다. 119 대원들이 출동하기까지는 10분이 채 걸리지 않았지만, 새끼 고양이는 이미 하늘의 별이 되었다. 내가 새벽에 5분만 더 일찍 일어났더라면 이 낙하의 순간에 기적처럼 받아낼 수 있었지 않았을까? 무거운 마음 달래며, 그 여린 고양이의 한 줌도 안 되는 머리를 쓰다듬고 성호를 긋는다.

마음 아래 가라앉은 무거움은 지난 주말에 마주한 두 생명체의 낙하였다. 시간과 운명. 이 두 단어 앞에 인간도, 동물도, 식물도 지구상의 모든 생명체의 연약한 존재성이겠다. 유한함이겠다. 그런데 이 두 생명체의 낙하와 지나가던 어느 어설픈 한 인간과의 조우는 우연인가 필연인가. 이 두 생명체의 낙하를 그저 우연한 일 또는 먼지처럼 사사로운 일 등으로 부정적으로 봐야 하는가? 어쩔 수 없는 생명체의 한계이니 이 세상에 늘 일어나는 일. 그저 긍정적으로 봐야 하는가?

다시 책을 뒤진다. <뭔가 뱃속에서 부글거리는 기분>에서 윤이뮝 꺼기ㄴ 붗졍저 또는 긍정적이라는 용어와 부정하다, 긍정하다는 용어와는 다르다고 강조한다. 이렇게 말한다.

"대개 긍정한다는 건 부정한다는 것보다 훨씬 어려운 일이다. 부정하는 것이 무언가를 치우고 어디선가 빠져나오는 일이라면,

긍정한다는 것은 무언가를 끊임없이 직시하는 일이기 때문이다. (중략) 그렇다면 긍정하기는 '나'를 복수화하는 데에서 시작해야 한다. 대상에 대한 판단을 세우기 위해 '나'는 대상으로부터 멀어지면서 동시에 가까워져야 한다. 삶이라는 구조물을 제대로 대하기 위해서는 멀리서 그것이 속한 체계를 바라보며, 한편 가까이에서 그것의 구성요소를 바라보아야 하는 것이다. (중략) 그렇다면 긍정의 진정한 대상은 대상 자체가 아니라 다른 힘들이 대상에서 맺는 관계일 테다. 결국, 긍정한다는 건 기꺼이 책임지는 일이다."

처음 읽을 때는 이게 도대체 무슨 말인가. 머리를 쥐어박던 문장들이 웬일인지 서서히 눈에 들어온다. 대상이나 사안에 대한 입체적이고 세밀한 판단, 주체의 상정, 그것은 마음속에 여러 마음 간의 열린 관계가 본질이다. 그러함으로, 긍정한다는 의미는 책임을 기꺼이 안아내는 일이다. 곰곰이 생각해 본다. 후다닥 현장에 뛰어든 행위 자체를 윤아랑 작가의 말처럼 긍정하고 책임지는 마음이었던 걸까? 그렇다면 또한 이 무거움을 긍정하고 책임지어야 할 일이란 얘기다. 나만의 생각을 좀 더 파고들어야겠지만, 아무튼 무거운 마음의 뿌리를 찾았다.

이제 이 두 생명체의 낙하와 우연한 조우를 긍정하기로 한다. 작거나 우연일지언정 의미와 뜻이 있으리라. 고통스러워도 결정해야 하는 고목의 선택. 이에 대한 존중과, 풀숲과 119 구급대 차

안에서의 안식이 있을 것이고 시장통 사람들의 안타까움이 있었다. 손가락 끝에 전해온 생명체 간의 아련한 소통이 남았고, 땀 뻘뻘 흘리며 달려온 구급대원의 소명 의식이 반짝이며 빛난다. 시간과 운명, 거스를 수 없는 큰 힘 앞에도 함께하는 것은 지구별에 살아 숨 쉬고 호흡하는 모든 공동체의 연대이고 포기하지 않는 시도이다. 그 자체는 모두 주체적이다. 어찌할 수 없는 안타까움은 두 생명체의 평안한 안식의 시간을 소망함으로 달래 보며 무거움을 긍정한다. 기꺼이.

이날의 장면을 글로 쓰다 보니, 이 무거운 긍정은 지난 시절 나의 아픔과 기억을 뭉근하게 소환하고 확장된다. 일찍이 톨스토이가 말했듯이, 죽음을 인지하고 살게 되면 신에 다가서는 길이고, 죽음을 망각하고 살게 되면 동물에 가까워진다고 했으니, 소멸과 풍화, 죽음의 뜻에 다가섰던 시절을 잊지 말아야 한다. 하루하루를 기적같이 대하며 더욱 또렷이 생생히 살아가야, 살아내야 할 일이다. 자꾸 기억하고 기꺼이 인지해야 한다. "긍정" 한다.

메멘토 모리.

조선의 4번 타자

단타가 잦으면 홈런이 된다.

"탕 깽 핑 퐁 횡 슝…"

무슨 소리냐. 다양한 소리가 귓전을 때린다. 그중에 가장 편안한 소리는 탕이다. 그냥 탕이 아니라 "타~~~ 앙" 울리는 소리다. (청력과 필력이 약해서 더는 정확한 표현이 어렵다. 심심한 양해는 독자의 미덕이다) 해 질 무렵, 방구석에서 이 소리를 들어야 오늘 하루도 평안했구나. 오늘도 별 탈 없었구나. 안심하고 편안히 하루를 마무리한다. 마치 어렸을 적, 어머니의 "그만 놀고 들어와 저녁밥 먹어라" 같은 정겨운 메아리처럼 말이다.

인천 자유공원에 오르는 진입로는 차이나타운 또는 신포 국제시장, 홍예문, 아니면 화수부두 쪽 동네길 등 여러 방향이 있지만 어디서 오르던 경사각도 약 50도의 오르막을 최소 10분은 애써 걸어야 한다. 나는 메일 오로지 한 방향의 길을 택한다. 홍예문에서 오르는 길이다. 거주지에서 가장 가까운 길이기 때문이다.

초입에 가보자. 좌측은 도로를 만들기 위해 산의 옆구리를 깎아 생긴 돌담의 벽이고 우측은 역사와 전통을 자랑하는 인천의 명문 제물포 고등학교가 자리 잡고 있다. 정겨운 모교다. 모교의 앞동산 중턱을 가로지르는 이 길이 바로 공원을 오르는 50도 경사길이다. 앞서 언급한 다양한 "타~~~ 앙" 소리의 원산지다. 골프 연습장처럼 그물이 쳐져 있는 배팅 볼 연습장이다.이 공간은 작고 아담하다. 공원을 오르거나 내려올 때 만나는 이 장소의 역사는 무려 50년. 타이어같이 생긴 고무바퀴 두 개가 맞물리면서 돌아가고 그 회전력을 에너지 삼아 중앙에서 볼이 튀어나온다. 이 것을 쳐내는 연습장. 야구 배팅 볼 연습장이다. 고무바퀴 두 개의 회전이 각각 일정하지 않기에 튀어나오는 공은 다양한 구질로 타자들을 애먹인다. 뚝 떨어지는 싱커, 확 휘어버리는 체인지업, 묵직하게 꽂혀버리는 포심 패스트볼처럼 구질도 천차만별 다양하기가 천 겹이다.

500원 동전을 넣으면 12개 정도의 배팅 볼이 허용된다. 물론 하나씩 날아온다. 한꺼번에 12개가 날아오진 않는다. 12개를 한번에 다 치려면 팔이 12개, 아니 24개가 있어야 한다. 배트는 두 손으로 잡으니까. 그런 인간은 없으니 한 번에 하나다. 그물 안, 타석에 들어선 타자는 대부분 젊은 남성이다. 그물 밖, 응원석에 서 있는 응원자는 젊은 여성이다. 공원길에 데이트하러 왔다가 신기한 장소가 있으니 선뜻 도전한다. 매우 일반적이고 평범한 모습이다. "타~~~ 앙" 홈런성 타구를 직감하는 소리가 나야 할 텐데 대부분 "깽 픽 퐁 횡 슝"이다. 제대로 맞지 않았다는 소리다. 공이 발사되는 고무바퀴와 타석의 길이가 매우 짧기에 제법 운동신경이 있다며 호기롭게 도전하는 젊은이들도 헛스윙 연발이다. 허허허. 힘을 빼야 하거늘. 배트를 짧게 쥐고 끊어내리 듯이 쳐내야 하거늘. 지나가면서 젊은이들에게 훈수를 두지만 백이면 백 본인들의 스윙 자세를 고집한다. 역시 깽 픽 퐁 휭 이다. 나도 어쩌다 한두 번 도전해 본 기억이 있어서 늘 관심과 주목을 두는 포지션은 타자다. 타자의 마음과 심리. 특히 슝~ (헛스윙)이 나왔을 때의 마음과 심리는 전문용어로 '쪽팔림' 그 자체다. 순간적으로 등짝 가운데 계곡을 흐르는 건 진땀이다. 저 느낌 안다. 뒤에서 여자 친구나 아내가 보고 있다.

그러다 어느 날부터인가 관점의 변화를 가져보았다. 집중적으로 바라본 것은 응원자의 모습이다. 대부분 딸, 여자 친구, 아내, 어머니, 여동생. 그야말로 여인 천하다. 아들, 남자 친구, 아빠, 남동생인 타자를 응원한다. 다양한 방식의 반응과 응원을 하는 모습은 자못 볼 만하다. 타자의 모습보다 응원자의 모습이 훨씬 더 재밌다.

슝을 열한 번 하다가 겨우 한 번의 핑을 한 남자 친구를 향해
"와~~~ 드디어 건드렸어!!!"
겨우겨우 핑을 하다가 깽을 한두 번 한 아들을 향해
"오~~~ 선수냐?"
깽을 몇 번 하다가 드디어 "타~~~ 앙"을 날려버린 아버지를 향해
"꺅~~~ 우리 아빠 최고!!!"
천지사방으로 방방 뛰는 딸의 모습.

타석의 결과는 모두 다르나 모두의 응원에는 한결같이 담겨있는 게 보인다. 사랑이다. 모든 타석의 공들은 비록 그물망에 걸려 끝까지 날아갈 수 없으나 그러거나 말거나 상관없다. 아니 어쩌면 "탕 깽 핑 퐁 횡 슝" 모두가 상관없을 터이다. 타자에게는 도전이, 응원자에게는 사랑이 그 모든 볼을 감싸 안으며 하늘 높이 날아오르니 그 자체로 만점이다. 대한민국 남성들은 좋겠다. 뭘 해도 잘한다고 소리쳐 주고 손뼉 쳐주고 옥타브 높은 환호성을 발사하는 사랑스러운 여인들이 이렇게나 많으니 말이다. 이렇게 남자들은 늘 고픈 게 있다. 인정과 사랑이다.

누군가 뒤에서 인정과 사랑을 힘껏 보내줄 사람 없는 나는 평상시 거의 타석에 들어서지 않는다. 오히려 무기력하거나 울적한 날에 타석에 들어선다. 한 장면을 떠올리면서.

조세희 작가의 소설 <난장이가 쏘아올린 작은 공>. 소설을 원작으로 영화, 연극으로도 만들어졌다. 여러 장면 속에 특별히 떠오르는 장면. 소시민이자 공장 노동자였던 어느 아버지가 공장 굴뚝 위에 앉아 앞에 보이는 드넓은 하늘을 향해 날리는 종이비행기. 70 ~ 80년대 엄혹한 시절에 날리는 그것은 희망의 메시지였다.

(지금도 그 메시지는 유효하다. 수십 년이 지나도 유효한 그 여전함이 씁쓸하거나 허허롭거나 무거운 시절이긴 하다만…)

오랜만에 타석에 들어서 쏘아 올린다.

힘을 빼고 짧게 끊어 친다.

짧은 간격에도 호흡만은 길다.

응원하고 인정해 주는 사랑은 없어도 나만의 희망을 싣는다.

내가 나를 좀 더 인정하고 사랑하면 될 일이다.

그러면 되었다.

힘을 뺀 긴 호흡은 조급함을 달래주며

짧은 타격은 일상의 작은 기쁨을 선사한다.

그런 단타가 잦다 보면 어느새 홈런이다.

다시 희망이다.

"타~~~ 앙"

그 볼은 하늘 높이 솟아오른다.

네모지게 쳐져 있는 그물 울타리는 마음속으로 걷어 낸다.

흔쾌히 홈런이다.

나는 조선의 4번 타자. 아니,

우리 동네 4번 타자다.

향기의 정면
안에서 밖으로

봄비 내리고
느닷없이
숲은 아카시아 향기 천지다
하늘은 가을 닮았다

매혹 넘치고
유혹 가득해도
아득히 현혹되면
안 된다

일주일의 영화
찰나의 꿈

높이 에긴 향기는
풀의 싹처럼
쉬이 잊힌다...

깊고 너른 향기는
천천히 온다

안에서 밖으로

가을비 가을 숲
그다음에 온다
여름 지나 겨울 앞에
놀다 들어온 문지방에서
어깨너머 지붕으로
안에서 밖으로
뻐근한 노을 담은 아궁이에
때맞춰
몸이 절절 끓도록

봄은 수줍게 보면서
스리슬쩍 예정하며
가을은 창포 담은 머릿결
넉넉히 감은 뒤
그제야 봄을 풀어헤친다

젊었을 때는 몰랐다

봄가을의 연결
여름겨울의 뜻

향기의 정면

삼치구이 집에서 고등어 구이만 먹기
마음의 메뉴판

회사 구내식당 외부 벽에는 환풍기가 설치되어 있다. 그 아래를 지나가는데, 새하얀 연기와 함께 고소한 생선구이 냄새가 모락모락 난다. (오감 + 직감 =) 육감은 즉시 반응한다. 이건 필시 등 푸른 고등어다! 고등어는 그냥 고등어가 아니라 반드시 등 푸른 고등어이어야 마땅하다. '등 푸른'이라는 형용사가 붙어서야 고등어라는 명사는 명징하게 완성되니까.

오호라. 이모님들이 준비하시는 메뉴로서 오늘 점심때는 고등어 구이를 먹게 되겠구나. 산울림 김창완의 노래가 절로 나오니 이럴 때는 바로 흥얼거려야 한다. "어머님은 아니, 이모님들은 고등어를 구워주려 하셨나 보다. (중략). 이모님들은 봐도 봐도 좋은걸." 이 냄새는 이 향기는 중소 영세 기업들이 다닥다닥 붙어있는 인천 수출 공단, 공장지대의 삭막한 회색의 아침을 펄떡펄떡 날이 늠 시른 비빌의 이키으로 변화시키기에, 충분한 마법의 향기이리라.

내가 나를 생각해 봐도 요즘 좀 특이하고 유별난 구석이 있다. 남들과 뾰족하게 대립각을 세우는 일이라고는 99.999% 없는 스타일이고, 괜한 분란을 일으켜 주변 공기를 싸하게 만드는 일이라고는 눈 씻고 봐도 없는 세상 둥글둥글한 성격의 소유자이다. 좋은 게 좋은 거지 뭐. 그래 왔었다. 얼굴마저 둥글둥글하다. 언뜻, 셀프칭찬으로 보일지 모르나 이런 성격을 개성 없는 또는 색깔 없는 전형적인 인간의 유형이라고 스스로 무척이나 오래도록 싫어해 왔다. 대충 '내가 참고 말지'하는 나와 달리, 다소 언쟁이 있더라도 똑 부러지게 자기 소신을 피력하고 주장하는 타인을 보면 그게 그렇게 멋지고 부러울 수가 없었다. 자기 인생의 주인공으로서 한껏 자존감 높은 우수한 종족으로 인식했고 그저 선망의 대상이었다.

스스로가 마음에 들지 않는 본인의 성향을 바꾸려는 수많은 노력은 늘 무위에 그쳤고, 그저 운명이거니 생긴 대로 받아들이며 살아왔는데…. 나이 때문일까, 온갖 세상의 풍파에 시달려서일까 이유는 확실치 않지만, 나의 뜨뜻미지근한 성향에 확실한 변화의 조짐이 보이기 시작한다. 최근 들어서 더욱 그렇다. 좀 더 찬찬히 들여다보니 조금씩 글쓰기를 시작할 무렵부터라고 추정해 본다. 지극히 평범한 일상에 쨍하게 달라진 변화는 글쓰기를 시작한 일뿐이니까.

여러 고수님들의 글을 보니, 글쓰기는 나를 찾아가는 과정이라는데 그럼 이 과정에서 발현되는 하나의 자연스러운 현상인가? 아직은 좀 안개 속이다.

우리네 일상다반사에서 사실 따지고 보면 그리 화낼 일도 별 일도 아닌데 다소 까칠하게 굴거나, 당당하게 변화하는 요즘의 모습은 나도 내가 낯설다. 이러한 변화는 '당연한 심리적 욕구인 가? 단순 노망스런 짜증인가?' '이것은 치킨인가 갈비인가' 이후 로 최고의 질문으로 손꼽힐 만하다.

동네 어귀에 삼치 골목이 있다. 이슬 한잔 생각나는 저녁 어스 름이나 주말에는 당연히 삼치 골목으로 향한다. 이웃 동네 신포 동에 더 많은 식당과 술집이 있지만 날도 더우니 홍예문 고개를 넘어가야 하는 수고를 택하진 않는다. 굳이 이슬 한잔뿐 아니라 도 동네에 새로운 변화가 뭐 없나, 요즘 술꾼들은 무슨 주제로 얘 기들을 하고 서로 싸우고 사랑하고 그러고 사나 궁금한 마음으 로 사람 구경하기 위해서다. 특히 사람 구경은, 오래도록 세상을 등지고 살아온 나에게는 아무런 관계없는 타인을 바라보면서 그 나마 세상을 향한 창문을 살짝이나마 열어놓으려는 최소한의 의 지이자 노력이다. 이런 면을 보면 역시 이 인간에게 작가다운 구 석도 조금 있어 보인다.

임지 구이집에 들어서면 아르바이트생이든 사장님이든 일단 물어본다. "몇 분이세요?" 혼술 마니아인 나로서는 이 질문이 제 일 부담스러운 순간이다. 그리하여 간단히 오른손 검지만을 (치 켜올리며) 시크하게 활용한다. 그것은 나 홀로 온 손님이라는 의 미의 비언어 커뮤니케이션이다. 대부분 화장실 근처, 부엌 근처의 구석 자리로 안내된다. 이 정도만 돼도 '얼씨구나'다. 어느 다른 식당에서는 늘 "죄송합니다."는 말과 함께 입장을 거부당한다. 2인 이상이어야 된다는 얘기다. 그 사장님도 먹고사니즘을 위한 어쩔 수 없는 선택일 테고 그 부분은 기본적으로 인정한다. 예전에는 순순히 받아들이고 이것은 운명이거니 했다. 그러다가 마음속에 뭔지 모를 반발심이 올라온다.

　사장님께 거래를 한다. "2인분 시키면 되지 않겠습니까?" 사장님은 당황하면서도 "그럼 그러시던가…." 골목에서 오랫동안 잔뼈가 굵은 사장님도 만만치 않다. 겨우 자리를 배정받는다.

　2인분 용이 아니더라도 삼치 한 마리는 제법 크다. 이렇게 큰 녀석이 이렇게 저렴해도 되는지 다소 의아하지만, 가격보다는 그 양에서 문제는 발생한다. 나이 들면서 먹는 양이 많이 줄어든 탓에 삼치 한 마리를 꾸역꾸역 다 먹는다는 것은 생각보다 고역이다. 한가하게 구이 안주에 이슬 한잔하려는 고즈넉한 본의는 어디로 가고, 2인분의 삼치를 반드시 다 먹어버려 인정받는 손님으로서의 정체성을 확고히 보여주겠다는 이상한 신경전을 펼쳐왔다. 그냥 먹을 만큼 먹고 남기고 나오면 될 텐데…. 미련 곰탱이 소릴 들을 만하다.

　1인용의 삶이 2인용의 삶보다 못난 삶, 부족한 삶이 아니라는 걸 증명이라도 해 보이겠다는, 아무도 관심 없고 아무도 인정하지 않을 이상한 소명 의식의 발로이리라. 내가 나를 생각해 봐도 참 별난 구석이란 바로 이 부분이다.

1인 가구가 전체 가구에서 30%가 넘어간다는 통계청 자료를 들이밀지 않아도 이미 주변은 1인 가구가 대세인 세상이다. 이런 마당에 이렇게 1인은 무시되고 괄시받아서는 안 된다는 내 마음과, 효율을 따지는 자본주의와 충돌이 빚은 해프닝이다. 한마디로 억지 춘향이다. 어여쁜 춘향에 '억지'가 붙어서 억지로 일을 하거나 어떤 일이 억지로 겨우 이루어지는 경우를 의미한단다. 삼치 구이집에서의 나의 경우가 딱 '억지 춘향'이다.

어쨌거나 자연스럽지 못한 이 풍경을 슬기롭게 해결할 방안을 고심하는데, 벽에 붙어있는 메뉴판이 눈에 들어온다. 고등어 구이, 박대 구이, 계란말이, 오징어…. 무려 수십 가지 음식의 이름이 적혀있다. 눈이 번쩍인다. 그렇지. 삼치 골목 삼치 구이집에서 삼치만 먹어야 한다는 이 편견은 도대체 누가 심어놓은 것인가? 그러한 기본 개념이나 가치가 개인의 개별 선호를 일반 사회성의 힘으로 무시하거나, 스스로가 자신을 무시하거나 둘 중의 하나이리라.

아무도 이런 기본 개념을 심어놓은 적 없지만 저 스스로 그리 판단한 거라면. 더 이상 뭐 할 말은 없다. 생각을 좀 더 펼쳐본다. 메뉴 판에 걸쳐 수많은 음식처럼 개인의 욕구와 감정, 마음도 충분히 선택하고 결정할 수 있는 일 아닐까? 가장 먼저 일어나는 감정이나 마음을 찬찬히 들여다보고, 주체의 자아 또는 관찰자로서 또 다른 내가 보다 현명한 판단을 선택, 실행하면 좀 더 자존감 있는 안온한 마음의 실행자가 되지 않을까? 그런 나날이 이어진다면 그것이 바로 주체적 삶이 아닌가 말이다.

버젓이 메뉴판에 있는 수많은 음식들처럼 내 안에 있는 수많은 유형의 마음도 결국 선택의 문제 아닐까? 옳거니! 꼬리에 꼬리를 무는 질문은 나름의 해법을 찾는다.

어느 날, 결의에 가득 찬 약간 불만이 섞인 목소리로 "고등어 구이, 한 마리 주세요." 외친다. 고등어는 혼자 먹기에 적당한 크기다. 당황한 사장님은 머뭇거린다. 이 틈에 나는 다시 말한다. "아니, 등 푸른 고등어 한 마리 주세요." 확실한 결정타를 날린다. 사장님이 거부하면 대판 더 큰 목소리라도 나올 기세다. 주체적 자아가 나선 것이다. 시베리아 호랑이 이글이글 불타오르는 눈빛을 본 사장님은 하는 수 없이 수락한다. 2인분에서 1인분의 삶도 인정받는 순간이다. 다만, 나도 아주 진상은 아니다. 손님이 없는 시간대를 이용하거나 한 시간 정도의 시간 내로 먹고 나오니 서로 간에 지켜야 할 상도의는 나름 지키고 있는 셈이다. 함께 살아가는 공동체를 지향하기 때문이다.

작고 소소한 일이긴 하지만, 이렇게 나의 욕구도 충족하고 슬기롭게 해결하는 일이 일상에서 찬찬히 일어나고 있다. 이는 당연히, 글쓰기와 글쓰기 모임 (라라크루: 일상에서 빛나는 순간을 글로 써보자고 모인 친구들)의 빛나는 효능 중 하나라는 분석도 곁들인다. 이번 글쓰기 모임은 제법 멋지고 근사한 여행이 될 듯

싶다. 미련이 콸콸 넘치던 내가 욕구와 갈등을 슬기롭게 해결하고. 감정을 다스리는 나름의 지혜를 찾아가고 있으니 말이다.

그날 이후, 삼치구이 집에 들어서면 굳이 주문하지 않아도 사장님은 자동으로 고등어 구이를 내어 주신다. 삼치구이 집에서 고등어 구이(만) 먹는 이유다. 먼 동해의 등 푸른 바다와 하늘을 머금고 살아온 고등어를 이슬과 함께하게 되면서 이슬은 어느새 등 푸른 동해가 된다.

서해를 바라보며, 나는 가끔 동해를 마신다.

잔고 부족 데이트
유머는 유머일 뿐 다큐로 받지 말자

"선생님, 전데요. 1층으로 잠깐 내려와 주실래요? 저랑 데이트 해요."

모르는 번호로부터 전화가 왔다. 모르는 발신 번호로 어떠한 전화가 와도 무조건 다 받는다. 직장인, 영업인으로서 체득된 습관이다. 070, 080이든 발신 번호가 없는 전화든 다 받아본다. 어느 한 통의 전화에서 큰 비즈니스의 작은 불씨가 시작될지 아무도 모르기 때문이다. 발신자의 첫 음성에는 많은 것이 내포되어 있다. 군이 영업적인 측면이 아니더라도, 의미 있는 전화인지 아닌지는 발신자의 첫인사와 첫 문장만 들어도 대충 알 수 있다. 그런데, 데이트라니. 무려 백만 년 만에 들어본 희귀종 단어. 그 자체다. 기억에도 지워진 그 단어. "데.이.트." 잘 못 들었나 했다.

문제의 통화는 겨울을 앞둔 어느 날에 걸려 왔다. "네? 저…. 전화를 잘 못 거신 듯합니다." 데이트라니. 가당치도 않은 단어다. 긴장된 잠시의 순간이 흐르고, "아이고. 선생님. 저 야쿠르트 아줌마예요. 매일매일 뵙고 인사도 드리고 그러는데 제 목소리 모르시는 거예요? 서운합니다." "아…. 이런…. 송구합니다. 아니 근데, 사무실로 올라오시지 않고 어쩐 일로 전화를?"

매일같이 2층 사무실로 야쿠르트 배달해 주시는 여사님께서 웬일이실까 의아해한다. "데이트 하자니까요. 1층으로 잠깐 내려와 주세요." 또 데이트란 단어가 메마른 가슴을 괜스레 쿵쾅쿵쾅 때린다. "(이게 도대체 무슨 일인가…) 알겠습니다." 왜 때문인지는 모르겠으나 콩닥콩닥 나대는 심장을 부둥켜안고, 쿵쾅쿵쾅 철 계단을 내려간다. 순간에 든 생각은 이러하다. '하. 여인 한 분이 어쩌다 또 이 인간의 매력에 퐁당 빠지셨구나. 이를 어쩌면 좋으랴.'

공장 초입에서 눈빛 또랑또랑한 여인이 다가온다. 야쿠르트 빛 제복을 갖추고 멋진 헬멧을 장착하였으며 4륜-구동 '코코' 전동차를 타고 허리 쫙 펴고 오시는 그분이다. 야쿠르트 여사님이다. "하 참. 데이트하자면 빨리빨리 내려오셔야지 뭐 이리 동작이 굼뜬가요?" 예전 같으면 벌써 얼굴 빨개져서 아무 말 못 하고 있을 테지만, 요즘의 나는 예전의 수줍은 내가 아니다. 나이 먹으면 그렇게 되나 보다. "아니, 데이트 신청을 이렇게 박력 있게 하시면 그렇게 딤입니다." 너스레를 떤다.

"깔깔깔…. 그런데 선생님, 이번 달 결제금액이 계좌 잔액 부족으로 처리가 안 되었어요. 오늘 중으로 계좌이체를 하시던가, 다음 달에 두 달 치를 한꺼번에 계산하시던가 하면 됩니다." 매월

야쿠르트 비용을 자동이체 걸어두었는데, 그 계좌가 텅텅 비었나 보다. 벌이도 시원치 않고 자주 확인을 안 하다 보니.

'그럼 그렇지. 데이트는 무슨 얼어 죽을…' 예상은 했지만, 갑자기 뻘쭘 + 민망 + 부끄 3종 세트의 마음이 쓰나미로 밀려오며 괜히 목이 메고 기침도 난다. "콜록."

여사님의 말씀이 이어진다. "직원들 다 있는 사무실에서 이런 말씀드리면 선생님께서 창피하시거나 민망하실 듯해서 내려오시라 한 거예요." 나는 여사님의 깊은 배려에 감사를 드려야 할지 어째야 할지 헤매면서 계속 기침만 해댄다. "콜록. 콜록" 그러면서 정신없이 고개만 자꾸 주억거린다. "호호호. 선생님 사레들리셨나 보다. 데이트 끝! 안녕~"

'하. 이 무슨 뻘쭘함인가. 이 무슨 김칫국 한 사발 드링킹이냐…' 여사님이 쥐여준 반투명 하얀 야쿠르트 비닐봉지를 하릴없이 물끄러미 쳐다만 보고 서 있다.

'아. 사람 마음 가지고…. 이러는 거 아니다. 정말'

여사님은 코코에 시동 걸고 한 손 높이 흔들며 한마디 더 하신다. "데이트가 너무 짧았죠? 선생님이 데이트 신청하시면 혹시 알아요? 제가 받아줄지? 호호호. 꺄르르 꺄르르"

나는 웃는 건지 우는 건지 괴상한 표정을 하며, 뭐라 한마디 하려 하지만 나오는 소리는

"켁켁. 콜록콜록."이다.

슬쩍 열이 오른다. 몸살도 도진다.
데이트란 단어 자체에 따라온 수백만 년만의 설레임이냐
본인의 얼빵함에 스스로 괜히 화딱지가 난 거냐
요즘 유행이라는 독감인 거냐
아니면 그 지긋지긋한 코로나. 정녕 그 녀석인 거냐.

정신 차려라. 인간아.
병원에나 가봐라. 켁켁 콜록거리지만 말고.

일요일
일상이 수행이다

일요일이다
골골 잠만 자다 벌떡 일어난다
세탁기 돌리고 설거지하더니 청소도 하고 샤워도 한다
도대체 이런 귀찮은 일은 왜 하는 거지?
밑도 없고 끝도 없이 왜 반복하는 거지?

오호라 그렇구나,
묵은 먼지 털어내고 찌든 자국 지우고 쓸고 닦고 하는 일
다시 쓰기 위함이구나
다시 입고
다시 걸으려는 마음이구나

당연한 일을 생경하게 바라보는 일
무의식이 의식을 추스르는 일
삶이 문장을 이끄는 일

이런 걸 일상이라 부르고 생활이라 하니
수녀님이 매일 기도하듯
스님이 수시로 합장하듯
살아가는 일이 도 닦는 일
지친 마음 어둡고 답답한 마음 설거지하는 일

어디 멀고 깊은 산중에서
뭔가를 두드려야만 수행이 아니거늘
일상이 수행이다
우리가 예수님이고
너와 내가 부처님 알라신 공자님이다

어허허 살살하자 적당히 좀 하자
이러다 득도할라
저러다 진짜 자유공원 산신령 될라

날씨가 흐린다더니
웬걸
그새 구름 넘어있네
아기구름 말갛기만 하네

이런 마음 저런 마음
뽀드득 뽀드득 씻어 말려
빨랫줄에 가지런히 널어놓고
말간 얼굴로

나가자
일요일이다.

괜히 웃긴 날
일상에서 반짝이는 순간

항구의 눈은 안개처럼 온다. 야단스러운 비나 사나운 바람과는 달리 아스라이 다가오니, 눈은 안개의 먼 친척이다. 새벽에 오는 함박눈은 무거우니 더욱 과묵하다. 3월의 봄 내음을 코앞에 둔 2월 어느 날, 동네 사람들 모두 잠든 그 새벽, 폭설이 오셨다.

산동네 고지대 우리 동네 초입은 제설차마저 엉금엉금 이다. 출근길이 잠시 걱정됐으나 당황하지 않는다. 나는야 35년 차 직장인 나부랭이면서 또한 산전, 수전, 공중전, 눈과의 육박전에 빛나는 철원의 용사 예비역 육군 병장 호 병장이다. 새털 같은 지난 날 중에 이런 날이 어디 하루 이틀이란 말인가. 묵묵히 산책룩에서 전투복으로 갈아입는다.

낡은 자동차의 가녀린 브레이크 라이닝을 생명줄인 양 부여잡는다. 마지막 빗줄기처럼 깨끗하게 긴장된 동아줄에 목숨 걸고 시동 건다. 힘차게 외쳐야 할 여자 친구는 없으니, "성부와 성자와 성신의 이름으로 아멘"으로 대신한다. "64번 올빼미 하강 준비 끝". "하강!" 요리조리 비틀 거리며 기어이 해발 69미터 태산준령 설산을 내려와 회사로 향한다. 일상이 전쟁이라 하니 이런 면에서 우리 모두의 생업은 진땀 나게 숭고하고도 경건하다.

  사무실이 캄캄하다. 암흑 속에 똬리를 튼 사자처럼 웅크린 사장님이 어흥 하며 벌떡 일어나 신경질 낸다. "변압기 터져서 오늘 공장 못 돌리니 모두 귀가하세요. 강제 휴무!" 직원들을 대표해서 내가 한마디 한다.

  "아니, 어떻게 온 길인데 다시 돌아가라니요. 사장님, 이게 무슨 일입니까. 수출물량 납기가 빠듯한데 이를 어쩌죠? 정말 큰 일입니다."

  말의 표면에는 걱정이 번드르르한데 말속에는 왠지 모를 미소가 차르르르 번진다. 이런 뻔뻔한 인간이라니. 쓰는 자가 된 이후로 진실하고 솔직하게 살아가자 다짐하며 선언했거늘, 자신의 뻔뻔함에 화들짝 놀란다. 내가 이런 인간이었어? 좀 뻔뻔한 마음으로 자신 있게 글 쓰라 했지, 인간 자체가 뻔뻔해져도 될 일인가? 반성하고 놀라면서도 발걸음은 잽싸다. 사장님 마음 변하기 전에 서둘러 정문을 나선다. 사시사철 실버 다크그레이 빛깔인 공단의 하늘이 반짝 선명하게 빛난다. 청량한 이슬빛이다. 노는 게 그리도 좋으냐. 아. 이런 파르라니 얄팍한 인간이여.

  산동네 달동네 우리 동네는 세상 하양 눈꽃대궐 차린 동네가 되었고, 나부랭이 씨는 철없는 어린이가 되어 그 속에서 천방지축 뛰논다. 육군 병장 호 병장은 DMZ 지뢰밭을 요리조리 잘도

피하며 뛰노는 한 마리 꽃사슴이 되었다. 이게 웬 횡재인가. 참으로 아름다운 겨울왕국이로다. 눈이 시리도록 설경을 찍고 저장은 깊은 마음속이다. 너무 아파, 애써 외면했던 겨울을 새로이 발견한다.

이상한 날이 있다. 목숨 걸거나 눈물 나게 살아가는데, 괜히 웃긴 날이 있다. (사장님께는 좀 미안하지만) 신께서 어느 날, 툭 던져 준 선물 같은 날이 있다.

우연 속에 발견하는 빛나는 날은
일상에서 눈 밝혀 맞이해야 할 반짝이는 순간은
언제나 그 자리에 있다

일상이 전쟁이라면
순간이 선물이다
흐릿한 내 눈이 못 보고 지나왔을 뿐

사는 게 그렇다.

3부.

길은 걷는 자의 것

자유공원 사람들

어르신 해병대인 줄

온 세상이 봄 천지다. 어르신들은 삼삼오오 모여 앉아 막걸리 내기 장기판 삼매경, 수다의 향연에 빠져계시고, 젊은 아빠가 날리는 연 또는 모형 비행기에 아이들은 콩 튀듯 팥 튀듯 이리저리 뛰어다니며, 젊은 엄마는 유모차에 탄 아기 사진 찍느라 연신 분주하다. 젊디젊은 커플은 사랑의 속삭임에 정신없고, 꾸준한 산책자들의 활기찬 발걸음 또한 가볍다.

공원의 주말 풍경이다. 각자의 마음과 취향에 따라 슬기로운 공원 생활을 즐기는 모습이다. 개별적이다. 이러한 상황과 주변의 공기가 갑자기 변화하는 순간, 단체적인 순간이 온다. "국민체조 시작! 하나둘 셋 넷 둘둘 셋 넷" 광장 무대에서 울려 퍼지는 음악 소리에 공원 모두의 시선이 광장 무대로 집중된다.

인천 자유공원에서는 어르신들을 위한 건강 에어로빅 팀이 있다. 1일 2회 (새벽, 저녁) 진행된다. 1년 365일, 본인 사망 외에는 회원 모두가 빠짐없이 참여한다는 무시무시한 전설의 팀이다. 눈이 오나, 비가 오나, 지구가 태풍에 날아가거나, 날아가던 지구가 불맛 뙤약볕에 터져버린다 해도, 정시 정각에 어김없이 시작된다. 우리가 모두 다 아는 그 전통의 국민체조와 함께.

정열의 빨간 티를 함께 맞춰 입으신 모습을 보고 처음에는 어르신 해병대인 줄로 알았다. 공원 산책할 때마다, '저게 운동이 되겠어?' 그저 가벼운 율동처럼 보여서 별 관심 없이 지나치다가, 어느 심심한 날, 슬그머니 따라 해 봤는데 삼십 분도 못 되어 헉헉대며 진땀을 뺐다. 만만하게 보았지만, 운동량이 장난이 아니다. 정신마저 혼미해진다. 말이 어르신 건강에어로빅이지 군대 시절 제일 힘들었던 PRI 훈련- 사격전 훈련 - (피가 나고 알이 배기고 이가 갈린다는 의미?)에 감히 견줄만하다. 어르신 해병대일 거라는 나의 첫 느낌이 맞았다. 나의 동작은 어설프고 방향감각은 중구난방이다. 어디로 갔단 말인가. 나의 운동신경이여.

팀 회원은 대략 오십 명 정도 되는데, 60~70대 어머니들이 대부분이고 극소수의 아버지들로 구성되어 있다. 거의 20년 이상 운동에 참여하신 베테랑들이시다. 회장님은 80대 후반이신데 정말 정정하시다. 오래전에 작고하신 선친과 인천고교 동창이시다. 내가 이 팀에 애정을 갖는 다른 이유이기도 하다. 참고로 이 팀의 역사는 무려 50년 되었단다. (비공식이지만)

2019년 9월부터 본격적으로 참여하였고, 이 운동을 통해 몸무게도 훌쩍 줄었으며 고혈압도 덜컥 내렸다. D-Line이었던 통통배는 d-Line으로 제법 날씬해졌다. 내가 나를 봐도 잘록한 허리, 유연(?)하고 찰진 댄스 실력, 온갖 스트레스에서 벗어나게 된 것은 생각만 해도 고맙고도 즐거운 덤이다.

걷기와 함께, 춤추기는 건강 개선에 획기적 도움을 받은 것도 즐거운 일이겠으나, 한 가지 더 즐거운 일이 있다. 회원이 아닌 일반 시민들이 우리의 동작을 함께 따라 한다. 자연스럽게 따라 하고 스며들며 광장은 그야말로 축제의 한마당이 된다. 어설픈 동작에도 서로 웃으며, 한바탕 향연장이 된다. 환호성 가득한 박수와 함께 운동을 마치고 나서야 생면부지 사람들의 얼굴을 둘러보았다. 거기에는 미소가 흘렀고 생명력이 넘쳤다. 짧은 시간이었지만 음악과 율동만으로 우리는 한순간 대동단결이 된 것이다.

역시! 우리가 어떤 민족인가. K-POP의 민족, 흥의 민족, (음주) 가무의 민족 아니던가. 이게 얼마만의 일상이란 말인가. 코로나로 지친 모두가 그동안 고생 많았고 잘 버텨왔노라고 서로가 서로에게 보내는 박수는, 치열했던 전투에서 승리한 전우에게 보내는 따뜻한 어깨동무다. 그런 동지애를 느낄 수 있었던 어느 주말 오후는 행복했다. 내가 이 팀의 일원으로서 잠시나마 많은 이웃에게 웃음과 즐거움을 선사하는 연결고리로서의 쓸모가 있었다는 생각에서 그렇다. 1인분의 삶조차 버거웠던 지난날의 내가, 한 공동체의 떳떳하고 의젓한 구성원이 되다니.

이 작은 공동체에서, 이 검소한데 유쾌한 커뮤니티에서 나의 쓸모는 무엇이고, 무엇을 나누고 어떤 봉사를 해야 할지 생각이 점점 확장된다. 그래야 마땅하다. 전설의 팀과 다정한 동네에서 받은 깊은 사랑, 어찌 받기만 해서야 되겠는가.

역시 우리는 공동체다.
어제는 많은 희생과 고통이 있었지만
오늘을 함께 어울려 살아가는 이 땅
내일을 함께 어깨 걸고 살아가야 할 이 사람들
우리가 대한민국이다.

쌍둥이 선물

혼자 오지 않는다.

"아 바로 놓으면 3키로죠. 안 그래요. 아저씨?" 새벽 어스름 공원, 어르신 에어로빅 팀의 한 여사님이 말을 걸어온다. 과묵 9단 아저씨는 당황한다. "네? 무슨 말씀인지요?"

"아. 애를 낳으면 바로 3키로잖아요. 아저씨는 쌍둥이를 놓으셨네요. 능력도 좋으셔."

아저씨는 그제야 알아듣고, 항구 어머니들은 소녀처럼 웃는다. "깔깔. 까르르 까르르."

아저씨는 왼손에 하나, 오른손에 하나씩. 대한제당 <푸드림> 3kg 짜리 하얀 설탕 두 봉지를 갓 태어난 뽀얀 아기 안듯 가슴에 품고 있다.

매년, 이맘때쯤 회장님이 회원들에게 설탕 한 봉지씩 나눠주신다. 이내소, 인신 베끼 비근 앞에 있는 대한제당 인천공장에서 협찬했나 보다. 여러 봉사단체 활동을 하시는 회장님께 주변의 불우이웃들 도우라고.

회장님께서 한 말씀 하신다. "이거 (여러분들이 불우해 보여서 주는 게 아니라) 일 년 내내 열심히 에어로빅 운동 나와서 건강해진 사람들만 주는 거요. 비가 오나, 눈이 오나 모두 고생들 많았소. 내년에도 우리 신나게 춤추며 살아갑시다." 회원들은 소리 높여 합창한다. "네~"

줄지어 배급받는 모습은 마치 6.25 사변이나 1·4 후퇴 때 식량 배급받던 모습처럼 일사불란하거나 경건하다. 아저씨는 그 세대는 아니라 직접 목격한 장면은 아니어도 그럴 듯싶다. 사모님이 아저씨에게 한 개를 더 챙겨 주신다. 없이 사는 살림 사정을 아는 사람은 다 안다. 아저씨는 이 동네, 이 팀에서 어느덧 6년 차 에어로빅러다. 귀염둥이 막내로 활동해 왔는데 특별히 하는 일은 없다. 그저, 맨 뒷줄 한구석에서 신나게 춤출 뿐.

깔깔 소녀들, 항구 어머니들의 유쾌와 유머에 아저씨는 맥없이 웃기만 한다. 그래야만 한다. 방심하고 그녀들의 대화에 티키타카를 해서는 곤란하다. 59금 위험수위를 넘나드는 토크 파도에 휩쓸려 빨개진 얼굴로 당황하거나 표류했던 순간들이 어디 한두 번인가. 꽁지 빠지듯 도망치던 나날들이 어디 하루 이틀인가.

쌍둥이를 안고 방구석에 오자마자 메모를 남겨 옆방 어머니 방문 앞에 살며시 놓는다. 때마다 철마다 맛난 음식 만들어, 내 방문 앞에 사계절 산타 할머니의 선물처럼 걸어 놓으시는 고마움에 이렇게라도 보답해 드려야 마땅하다. 이런 티키타카에는 얼굴이 빨개지지 않는다. 당연히 해야 할 일이고 도리이다. 나머지 하나는 '우럼마' 드리면 되겠다.

　인천 중구 신포동 사거리. 젊은이들의 로데오 광장처럼 반짝이고 화려한 트리도 조명도 없고, 그 사거리에 온종일 울리는 캐럴 대신 여기에 흐르는 건 적막이지만, 정겨운 어르신 댄서들 오순도순 모여 사는 달동네 산동네에도 크리스마스는 온다.
　혼자 오지 않고 쌍둥이로 온다.

　메리와 크리스마스!

일 년에 에베레스트를 다섯 번 오르는 남자
이 남자, 작가가 될 상인가?

일 년에 다섯 번 정도 에베레스트를 오른다. 어떻게 이런 일이 가능한지 알아보자. 궁금하다 이 남자. 응봉산(인천 자유공원의 옛 이름)을 오른다. 무려 해발 69m를 자랑한다. 태산 험악 준령이다. 새벽과 저녁으로 매일 2회 오른다.

자.
계산해 보자.
69m * 2 = 138m
1년에 약 5일 정도 쉰다.
365일 - 5일 = 360일
그리하여,
138m * 360일 = 49,680m이다.

세계 최고로 높은 산은 에베레스트이다. 공식적인 높이는 8,850m
기가 막힌 결론을 이끄는 기적의 계산법은 다음과 같다.
49.680 ÷ 8,850 = 5.61

즉, 5.61회

1년에 에베레스트를 5회 정도 오른다는 이야기이다.

7년 정도 올랐으니

7 * 5.61 = 39.27회

지금까지 에베레스트를 무려 39회 올라갔다. (며칠 만에, 몇 시간 만에 올랐는지 따지는 속도의 개념은 무시한다. 내 맘이다) 이쯤 되면 기네스북에 등재될 만하지 않은가? 마이크로 단위로 또는 나노 단위로 쪼개든, 어쨌든 아무튼 39회 올랐으니 나는 이제야 서른아홉 살이다.

나는 전문 산악인이다.

나는 자연인이다.

자.

다시 응봉 에베레스트에 오를 시간이다. 셰르파나 무거운 배낭, 비상식량, 산소호흡기 모두 필요 없다. 지참물은 좋은 나, 나쁜 나, 못난 나, 약한 나, 좀스러운 나, 아픈 나, 불안한 나, 미련이 남은 나, 어리바리한 나, 허구한 날 뭔가를 자책하고 타박만 하는 나. 이 모든 나는 다 나다.

내려올 때는 좋은 나만 데리고 내려온다. 다른 여러 나는 산 정상의 최고령 어르신 나무에 걸고, 숲에 놓고, 하늘에 맡기고 오면 되니까. 여리고 어린나무에는 걸지 않는다. 그들도 자라야 하니까. 주로 수령이 깊고 목덜미 두텁고 허리춤 넉넉한 어르신 고목에 건다. 너그럽고 지혜로운 그들은 잘 받아 주신다. 다음 날 일상에서 또 이런 '나'가 생기면 또 데리고 올라가 또 두고 오면 되니까. 자연에서 산에서 나무로부터 가르침 잘 받고 숙성의 계절을 잘 견디면 다시 데리고 내려오면 되니까.

다들, 동네마다 이런 에베레스트, K2, 안나푸르나 하나 정도는 있지 않은가? 1년에 한두 번씩만 올라도 그게 어디냐. 높은 산에 오르는 일도, 힘겨운 고난의 인생길의 회복도 첫걸음, 한 걸음부터 시작된다. 온 국민이 전문 산악인이 되는 거다. 온 동네 사람들이 고난스러운 삶의 언덕을 거침없이 오르내리는 베테랑 등반가, 우리 동네 OO 공원, OO 산 날다람쥐가 되는 거다. 공원이든 야산이든 놀이터든 산책로든 슬기롭게 공간을 활용하자.

산에서 만난 이 남자. 언뜻 보면 고독해 보이다가도, 어랏, 춤까지 춘다. 자유로운 영혼임이 틀림없다. 뉘 집 아들인지 참, 영혼이 발랄하고 깜찍하다.

이 남자…. 작가가 될 상이다.

시월의 새 식구. 선미 언니

24시간이 모자라

어느덧 시월을 결산하는 날이다. 세월 참 빠르다.

'생활의 꿀팁' 하나. 나이가 들수록 세월이 빨리 간다고 느끼는 이유는 실제로 세월이 빨리 가는 건 아니고, 기억력이 점점 떨어지기 때문이란다. 나이가 들수록 일상의 소소하거나 순간순간에 일어나는 일들은 기억 못 하고 스스로가 판단하기에 중요하거나 큰 사건들만 뇌의 기억장치에 저장되니, 별일 없는데 하루가, 숨만 쉬었는데 한 달이, 눈떠보니 일 년이 간다니, 기억하는 것이 적을수록 세월이 빠르게 간다고 느껴진다는 것이 일부 의학계의 견해이다. 내가 이렇게 한 달 단위로나마 기억을 재생하고 결산하려고 하는 이유는 바로 이 지점이다. 뇌의 노화 방지를 위한 가녀린 몸부림이다. 매일 글을 쓰면 더욱 좋으련만.

-

이 글에는 몇몇 등장인물이 나온다. 서두에 간단히 정리해 본다. (저자의 다채로운 성향을 나노 단위로 세세히 쪼개어 의인화

함. 이를 기억하여 젊어지려고)

*승기:[80년대 이승기]는 저자의 오래된 닉네임이다. 똑똑하고
바르고 믿음 가는 모범생 또는 바른 생활 사나이의 이미
지를 표현한 별명인데 저자의 여러 성향 중에 가장 기본
에 깔린 성향이다. 실제로 그렇다기보다는 그렇게 생각한
다는 얘기이니, 너무 기분 나빠하지 않으셨으면 좋겠다.

*허당: 똑똑하고 반듯한 승기의 이미지와는 달리, 어딘가 빈구
석이 많아 보여서 오히려 친근감이 가는 성향의 별명이
다. 저자 스스로는 이 캐릭터를 가장 좋아한다.

*혜롱: 자주 등장하진 않지만, 술 좋아하고 친구 좋아하는 전형
적인 외향 성향의 별명이다.
친화력 최고봉으로, 다니던 학교에서 3대 주당으로 유
명했다던 전설이 있다.

*과묵: 어지간해서는 입을 열지 않는다. 하루에 한두 마디도 안
할 때도 있는데, 화난 건 아니니 너무 멀리하거나 무서
워하지 않으셨으면 좋겠다.

*발랄: 한 마디로 유쾌 발랄한 성향의 별명이다. 과묵과는 정반대 성향의 친구인데 어쩌다 던지는 유머나 아재 개그는 썰렁하지만, 집에 가서 자려고 누우면 생각나는 특이한 유머를 구사한다.

*아야: 자주 아프고 또 아프고 매일 아파서 붙은 별명.

*생생: 자주 아프고 또 아프고 매일 아프다 보니, 어느 글 벗께서 좀 더 건강하고 기운 찬 삶을 살라는 바램으로 지어주신 별명이다. 듣기만 하여도 기운 나는 별명이다.

(다양한 별명 때문에 얼핏, 자아분열로 보이는 희한한 인간으로 보실 수도 있겠으나, '스펙트럼 다채로운 흥미로운 인물이구나' 정도로 생각해 주시면 고맙겠습니다. 제 안, 여러 성향의 아이들이, 삼국지나 수호지처럼 그렇게 수많은 인물이 등장하는 건 아닙니다. 위에서 언급한 인물 정도이고 직관적인 별명들이니, 큰 혼란은 없으시리라 혼자서 믿어봅니다)

여기보기 모두 바쁘다 주관자 허당은 오늘 유난히 분주하다. 새로운 식구를 정식으로 맞이해야 하는 중요한 날이기 때문이나. 새로운 식구는 <선미 언니>다. 살다 살다 생전 처음으로 부여된 여성형 별명이다. 이래서 사람은 오래 살고 볼 일이란 말이 나온 거겠지. 모두 설레는 마음으로 월간 결산 파티를 준비하고 새 식구를 맞이한다.

9월 말부터 새로이 시작한 건 <쑥과 마늘>이라는 프로젝트다. 글쓰기 모임 <라라크루> 리더의 카톡이 글 벗들의 카톡을 울린다. "올해도 어느새 연말로 흐르지만, 우리에겐 아직 100일이 남아있다. 100일 동안 각자의 생활에 새로운 루틴을 정해서 시도해보자. 좀 더 좋은 작가, 좀 더 나은 인간이 되는 것이 목적이니 이 프로젝트는 <쑥과 마늘>이라 칭한다."라는 취지의 글이다. 많은 글 벗들이 이 새로운 도전에 응하여 글쓰기, 일찍 일어나기, 책 읽기, 누워서 발 들어 올리기 등의 목표를 정한다. 역시 건강하며 건전한 작가답다.

생생은 며칠 고민하다가 하루에 만 오천 보 걷기로 목표를 정한다. 평소에 평균 만 보정도 되는 걷기 양을 오천 보 늘려보고 허술한 건강을 다져보려는 의도지만, 아뿔싸. 생각보다 만만치 않다. 아마도 혼자서 도전했다면 애 저녁에 흐지부지 없던 일로 되는 게 당연했을 터인데 매일 매시간 단톡방에 올라오는 글 벗들 도전의 모습과 영차영차 보내주는 응원의 메시지에 다시 몸을 일으켜 공원에 오른다. 그럭저럭하다 보니 다리에 힘도 붙고 몸에 활기와 생기가 돈다. 때마침 가을이니 공원의 풍광마저 근사하다. 어느 날인가 이만 보를 넘게 걸었다. 슬슬 자신이 붙는다. 허벅지가 터질 듯한 느낌. 이게 얼마 만이냐. 이참에 내 기준값을 스스로 올려보자. 그리하여 2만 보를 넘는 날이 며칠 반복되다

보니, 걷기 App <토스>에서 통보해 온다. 이런 식이다. [10월 26일 : 23,437 걸음. 24시간이 모자라는 타입]

　이런 통보가 며칠 지속하자, 함께 프로젝트에 참여하고 있는 '작명의 대가' 글 벗께서 기가 막힌 별명을 하사하신다. 24시간이 모자라니 <선미 언니>란다! 이리하여 10월의 어느 멋진 날, 사상 유례없는 (인천) 선미 언니가 탄생한 것이다. 아무리 생각해 봐도 참으로 유쾌하고 마음에 쏙 드는 별명이 아닐 수 없다. 위트와 재치에 다정까지 함께 넘치는 글 벗께 이 글을 통해서나마 감사와 감탄을 전해드린다.

　허당과 모두는 약 한 달에 걸쳐 이 <선미 언니>의 특성을 파악해 왔다. 처음 보는 산책자들에게 살갑게 말도 걸고, 공원의 온갖 멋진 모습도 열심히 사진 찍어 단톡방에도 부지런히 올린다. 댄스는 기본이며 부지런, 싹싹, 활발, 유쾌가 넘치는 언니다. 모두가 이 선미 언니의 수많은 매력 중에 특히 눈여겨본 것은 꾸준함이다. 회사 회식, 거래처와의 저녁 식사, 친구들과의 술자리 때도 이 언니에겐 자비란 없다. 조금이라도 걷게 만드는 그녀의 꾸준함에 모두는 이 세 언니를 새 식구로 받아들이기로 한다. 필시, 허술한 김 작가의 건강관리 담당에 최적의 인물이라는 센세인게 가서이 평가에 따른 결과이다.

　허당은 오랜만에 중국집에서 외식하잔다. 귀한 언니가 새 식구

가 되었는데 방구석 파티가 웬 말이냐. 산해진미가 펼쳐지고 이
야기는 무르익는다. 여흥을 담당한 혜롱이 댄스 타임을 위해 뮤
직비디오를 튼다. 선미 언니의 데뷔곡이자 대표곡 <24시간이 모
자라>

ㅗㅜㅑ. 좀 야하다. 바른생활 사나이 승기가 잽싸게 다른 곡을
튼다. <When we DISCO>

어우야. 좀 신난다.

"귀여운 녀석들" 하며 선미 언니가 반짝이는 눈빛으로 한 마디
한다.

"생각은 걷는 사람의 발끝에서 나온다."

역시, 다시, 니체다.

시월이 이렇게 가지만

선미 언니는 오늘도 걷는다.

과연 김 작가는 좀 나은 인간이 되려나?

그림자 아름다운 사람

야트막한 산이 되고 싶다

아득한 산이 해를 삼키듯
먼 바다 늙은 섬도 능히 달에 앞선다
해와 달이 시나브로 다르게 오는 이유는
깊이 뿌리내린 산과 섬의 그림자 때문
해도 달도 산과 섬이 그린 무늬다

산의 그림자도 산이다
섬의 그림자도 섬이다

수많은 가면과 거친 미소로 길 잃은 얼굴들
섣불리 재단하지 말 일
울고 있을지 모를 어깨너머를 함부로 단정하지 말 일
그림자끼리 어여삐 잔잔히 보아야 할 일

가면 속의 말 못 할 침묵도
미소속의 끝 모를 들판도
안아주고 품어주어야 할 일

살아가는 일이란 이렇게
정과 성을 다해야 할 일인가 보다

고요한 일출을 세상의 새벽에 비추는
동네 야트막한 산이 되고 싶다
풍미 그윽한 노을을 먼 바다에 뿌리는
늙은 그림자 멋진 섬이 되고 싶다

그림자 아름다운 사람이 되고 싶다.

밥 짓다. 마음 짓다.
마음의 계량컵

밥이 익는다. 흰쌀 두 줌으로 밥을 짓는다.

밥을 잘 안 해 먹는다. 자칭 상남자인 나는, 작은 종지에 반찬들 소담히 담아 내놓고 찬찬히 소꿉놀이 상차림 하여 아빠 다리 하고 앉아 찬찬히 먹을 일은 아예 없으니 밥을 잘 안 해 먹는다. 더 군다나, 밥을 지어먹는 단계뿐 아니라 먹고 난 후의 처리 과정도 세상 귀찮으니 애초에 밥을 짓는 일은 거의 없다. 곰곰이 생각해 보니 한 가지 이유가 더 있다. 계량컵이 없기 때문이다. '계량컵 은 어디 가면 살 수 있나? 웬만한 생활용품은 다 있는 다이소로 가보자. 그런데, 계량컵 하나만 사고 나오기엔 너무 궁색하지 않 아? 간 김에 같이 사 올 건 뭐가 있지?' 차일피일 이런저런 구매 목록을 적다 보니 정작 계량컵은 뒷전으로 밀리고, 계량컵은 여 선이 내 빙ㅓ벽에, 애 ㅗ 인에 ㈔다 계량컵 없으니 밥을 안 해 먹 는 또 하나의 이유가 생겼고, 신난다. 당연히 밥은 안 해 먹는다.

갑자기 허기가 진 어느 날 새벽. 삶아놓은 달걀도, 삶지 않은 생 달걀도 마침 똑 떨어졌다. 큰일이다. 이 사태를 어떻게 해결할 것 인가. 이 긴박한 순간을 잘 넘겨 살아남기 위한 방법을 모색해 보는데, 하얗고 귀여운 전기밥솥이 눈에 들어온다. 이 방구석에 이사 올 때 딸이 선물해 준 아이다. 브랜드는 Auto mo. 오토모. 오토마더. 오토맘. 자동 엄마란 뜻일 게다.

고픈 배를 움켜쥐고 벌떡 일어나 쌀을 담는다. 흰쌀 한 줌 두 줌. 계량컵이 없으면 잇몸으로 (아니 손으로) 대충 계량하자. 쌀을 씻어 안치고 코드를 꽂는다. 삼십 분이 지나도록 소식이 없다가 김빠지는 소리 나듯 김이 빠져 열어보니 곤죽 팥죽이다. 이건 밥이라 말할 수 없다. 선택버튼을 흰쌀이 아닌 잡곡으로 눌렀고, 쌀도 물도 적당량 조절이 제대로 안된 탓이리라. 쌀이 아파 보인다. 내마음도 아프다. 그래도 먹는다. 곤죽이든 팥죽이든. 어떤 밥이든 밥의 본질은 쌀이니까. 아무튼, 여러 시행착오와 서투름을 몇 차례 겪고 나서는, 어느 날부터는 제법 능숙하게 밥을 짓는다.

일상도, 마음도 그러하리라. 너무 과하거나 아주 부족하게 계량하여 마음 쓴 어느 하루는 잘 익지 못하더라. 과하면 곤죽이요 모자라면 팥죽이다. 쌀이야 서너 번 계량해 보면 손의 감각으로 적당량의 조절이 가능해진다. 그런데 이 들쭉날쭉한 마음이란 건, 저 고단한 일상이란 녀석은 서너 번의 가늠으로 똑딱 뚝딱 똑 단발처럼 딱 떨어지게 계량되지 않는다. 육십 평생의 시간과 세월에도 제대로 마음 짓기, 안온한 일상 살기는 만만한 일이 아니다.

마음과 일상의 계량컵은 물론 다이소에도 없다. 종교에 있으려나 철학에 있으려나 손에 잡히는 데로 책 속을 거닐며 안정과 지혜를 구하지만 애초에 계량할 수 없기에 태초에 측량할 수 없다. 균형 있는 조율과 칼 같은 조절이 어려운 이유다. 그저 윤기 나고 따스하거나 제법 근사한 마음을 지으려면 먼저 먹어야 한다는 뜻이려나? 그러니 마음먹기인 건가? 수많은 곤죽 팥죽의 마음을 먹어보고 울며 웃는 일상을 겪어 먹으며 아주 미세하게 계량되어 가는 나날들. 그러니 짓기보다 먼저 선행돼야 하는 건 먹기, 겪기이며 체하거나 탈 나지 않게 시간과 경험이 그 완성을 도와주는 것일테지? 오로지 하얗고 윤기만 나는 삶은 없을 터이니, 잡곡이 더 우리네 삶과 친근하고 건강한 건 말하나 마나 당연한 일이기도 할 거고.

개인의 마음도 타인의 마음도, 계량컵의 모양과 크기는 생김새도 다르고 지문처럼 유일하다. 마찬가지로, 개인의 마음도 오늘 다르고 내일 다르니 매일매일 매 순간 마음의 계량을 위해서는 마음을 먹고 또 먹고 자꾸 먹어봐야 함이 지혜로운 마음 짓기에 이르는 길이겠다.

4월도 벌써 하순인데 쌀쌀한 바람이 분다. 저 멀리서 소리도 들려온다. 잎으잎이 다 가는 소리다. 이래저래 늦어진 저녁 산책을 접고 방구석으로 향하는데, 서너 살쯤 돼 보이는 아기가 아장아장 나에게 오며 "안녕!" 인사를 한다. 뒤에서 젊은 엄마 아빠가 웃으며 아가 사진을 찍는다. 함박웃음과 찰진 "까꿍"을 예쁜 가족의 계량컵에 선사하고 산을 내려간다.

칙칙폭폭 칙칙폭폭 밥이 익는다. 당연히 잡곡밥이다. 흰쌀 네 줌, 까만 쌀 반 줌, 햅쌀 반 줌. 합이 다섯 줌에 저녁 햇살 버무려 지은 밥의 향기가 방구석 가득하다. 딸의 사랑, 엄마의 향기다. 다소 모자란 어느 일요일의 마음은 이 사랑스러운 향기와 아가의 "까꿍"이 채워준다.

월요일이 슬슬 다가온다 해도 괜찮다. 밥을 지어 놨으니.

아직, 헌팅 당하는 남자
가을은 무르익기에 좋은 계절

1. 어떤 글은 막 쓰고 싶어서, 고목 나무에 딱 붙은 딱정벌레처럼 노트북에 딱 붙어 주르륵 쓰는 글이 있고

2. 어떤 글은 서랍 속에 고이 모셔만 두고 있다가, 미루고 미뤄 지구 끝 낭떠러지로 밀고 밀려 허덕허덕 쓰는 글이 있고

3. 어떤 글은 내가 왜 이걸 쓰기 시작한 거지? 시작은 했으니 마무리는 맺어야지 하면서 (울면서) 쓰는 글이 있고

4. 어떤 글은 쓰지 말아야지 하는 글이 있다. 안돼 이건! (누군가에게 상처를 주거나 사회적 물의가 예상되는 글)

4번 쓰지 말아야지 했던 글 중의 하나가 바로 오늘의 글이다. 이유는, 괜한 자기 자랑 또는 자아도취에 빠진 글이라고 독자들로부터 쏟아질 지탄을 감당할 자신이 없으며, 스스로 생각하기에 노이 빈산 빈에 헣ㄱ나⋯, 한숨 가득 어이없음의 끝판왕 같은 글이기 때문이다. 그래도 쓰기로 마음먹고 노트북 앞에 앉는다. 때론 싫은 것도 해봐야 하는 게 인생이고, 작가로서 자기 검열도 깨보고 그래야 하니까. 좋은 작가가 되기 위해 노력하는 시도 중의 하나로 너그럽게 봐주시면 되겠다. 사설이 길었다. 시간은 언제

나 새벽 3시. 장소는 어김없이 방구석이다. 자. 써보자.

"그렇다. 아직, 헌팅 당한다." 강렬한 첫 문장이다. 능동태가 아니라 수동태 문장이다. 흔하디흔한 남녀상열지사 인간사에서 이게 무슨 큰 이슈냐 하겠지만 주목해야 할 포인트는 "아직도"라는 점이다. 예순 즈음의 나이는 청춘도, 젊음도 아니다. 그렇다고 완전 어르신 레벨도 아니다. 어중간하다. 옛날에는 환갑이라고 해서 동네잔치도 하고 떡도 돌리고 그리했지만, 평균수명 100세 시대인 요즘은 뭐라 똑 부러지게 규정하기 참 애매하다. 그래서 정부에서도 이 세대를 신 중년, 시니어, Active 시니어, 5060, 베이비부머 세대 등 두루 묶어서 표현한다.

다 별로다. 내가 제일 좋아하는 단어는 '꽃중년'이다. 정부의 공식 단어는 아니겠지만, 어느 네티즌이 지은 명명인지 몰라도 참으로 근사하고 내 맘에 쏙 드는 단어이다. '중년'에 그 예쁜 '꽃'을 붙여주니 이 얼마나 화사하고 향기로운가.

그리하여, 앞으로 본 작가를 부르거나 글로 쓸 때는 형용사이자 대명사인 '꽃중년'을 붙이기로 하자. '꽃중년 김호섭'은 매주 금요일 퇴근길에 들르는 곳이 있다. <미술관>이다. 여기서 감상하고자 하는 것은 예술가들의 미술작품이 아니다. 그럴 리가 없다. 한자 맛味/ 우리말 술/ 한자 집館 즉, 맛있는 음식과 술을 대접하는 집이라는 프랜차이즈 주점이다. 그럼 그렇지. 참새가 들르는 방앗간 같은 곳이다. 일주일의 쌓인 피로와 스트레스 해소가 주 목적이다.

30대 중반쯤 되어 보이는 젊은 부부가 운영하는 집인데, 손님은 주로 2030. 제공되는 안주는 온갖 산해진미가 풍부하다. 고풍스러운 외관과, 단순하면서도 유별나지 않은 내부 목조 인테리어가 마음에 들어 선택한 곳인데 웬일인지 젊음이 와글와글하다. 희한하다. 젊음의 에너지가 나를 끌어당기는 건가? 스스로가 아직 젊다는 착각과 환상 속에 사는 건가? 모를 일이다.

어느 금요일, 어김없이 미술관에 나타난 꽃중년은, 어김없이 주문한다. 주문하는 메뉴는 완앤 온리 '할인의 행복' 메뉴다. 삼겹살 + 김치 + 마늘 + 고추가 합체된 안주다. 여기에 이슬까지 함께하면 환상의 궁합이다. 게다가 저렴하기까지. 행복하다. 고즈넉이 이슬과 수다떠는 중, 어느 여인이 다가온다. (30대 후반 ~ 40대 초반으로 보인다. 사실, 나는 여성의 나이 가늠을 잘 못한다.)

여인: 저... 혼자 오신 듯한데, 같이 한잔하실래요?
꽃중년: (산전, 수전, 공중전, 화생방전, 육박전, 막걸리에는 김
　　　　시긴을 두루 겪어왔지만 수간 당황하면서) 네? 저요?
여인: 네. 입장하실 때부터 쭉 보고 있었는데 혼자 오신 듯해서
　　　요. 저도 혼자 왔거든요.

꽃중년: (말로만 듣던 포차 헌팅의 순간이다. 화들짝 놀랐으면
　　　 서도 짐짓 담담하게) 네. 그러시군요. 그런데 제가 시간
　　　 이 별로 없어서 얼른 마시고 가봐야 해서요. 죄송합니
　　　 다. (정중히 사양한다)
여인: (갑자기 꽃중년의 옆자리에 덜컥 앉는다) 왜죠? 왜 안 된
　　　 다는 거죠? 제가 왜 싫죠?
꽃중년: (아...취하셨구나) 제가 급히 할 일이 있어서요.
여인: 급한 일이 뭔데요?
생생: '쑥과 마늘'이라고, 좀 좋은 인간이 되어보자는 프로젝트
　　　 인데요. 걷기 미션을 수행해야 하거든요.

여인은 벌떡 일어나 자기 자리로 돌아가다 말고 휙 꽃중년을
노려본다. 여인이 쑥과 마늘이 뭐냐고 묻기도 전에 꽃중년은 도
망치듯 서둘러 자리를 나선다. (하여튼 나이를 아무리 먹어도 이
인간의 단호함은 고쳐지질 않는다)

이 피 헌팅 사건을 친구들과의 모임에서 살짝 사례발표를 했더
니, "어디서 구라치냐, 너 요즘 글 쓴답시고 있는 얘기 없는 얘기
막 떠들고 다니던데 너 그러다가 나라에서 잡아간다." 친구들의
타박이 이어진다. 제발 상상 좀 그만하고 현실 속에서 연애를 하
라는 둥, 조언도 아끼지 않는다. 이 인간들 속고만 살아왔는지 믿
지를 않는다. "어이구 너희들이 어찌 알겠느냐. 매력 넘치는 남자
가 살아가야 할 일상의 고충을." 꽃중년의 절절한 외침은 친구들

의 단호한 외면 속에 외로이 묻혀 버린다.

돌이켜보니, 서너 번의 유사한 사례가 있었다. 장소만 다를 뿐, 다가오는 건 여인이고 도망가는 건 꽃중년이다. 절대로 상상이나 꿈속이나 비현실이 아니다. 현실이고 모두 fact다. 증거와 증인은 차고도 넘친다. 친구들아, 독자님들아 제발 좀 믿어주시라. 내가 먼저 추파를 보내거나 신호를 주거나 하는 그런 비언어 커뮤니케이션은 없다. 그런 걸 할 수 있는 주변머리도 소갈머리도 없다. 그저 숨만 쉬고 앉아 있어도 일어나는 일상다반사이다. 어쩌란 말이냐. 이 죽일 놈의 매력이여.

희한한 일이다. 젊은 직장인 시절에는 전혀 없던 일이 나이 들고 늘그막에 이게 무슨 횡재(?), 아니 사건이란 말인가? 나이 먹어가면서 더욱 멋지고 매력이 넘치고 있다는 반증인가?

그렇다면 내가 꿈꿔온 은은하고 멋진 노년의 시대가 점점 열리고 있다는 것인가?

(꾹 참고 여기까지 읽어주신 독자님들께 무한한 감사를 드립니다.)

위의 피 헌팅 사례처럼 일시적인 해프닝 같은 경우뿐 아니라, 에서 친구 죽 친구도 여인이든 새로운 인연 맺기를 두려워한다. 여러 이유가 있겠으나, 관계에서 다시 상처받기 두려워서 머뭇거리고 도망가고 회피하는 마음도 없지 않겠다. 이런 마음은 기본적으로 무겁다. 무거운 마음으로 도망 다니다 보면 지친다.

낯선 여인과의 술 한잔이 뭐 그리 무거운 일, 무서운 일이라고 유난스럽게 구느냐.

그냥 가볍게 생각하고 가볍게 한잔하면 될 일을.

새로운 인연을 만나면 그저 노을 가득한 석양에 손잡고 슬슬 산책이나 하면 될 일을.

누군가는 이렇게 얘기한다. "상처받는 걸 두려워하지 말고, 상처받더라도 다시 일어설 회복 탄력성을 키워라. 용기를 내면 될 일이다." (말이 쉽지! 그게 쉬운 일이냐? 나같이 파르라니 여린 인간에겐 애당초 시작을 말아야 할 일이로다….) 마음의 혼란을 겪는다. 가을 타나 보다. 이렇게 마음 어지러울 땐 '지혜의 여신'을 찾아뵈어야 한다. 주말 어머니와의 수다 시간에 슬쩍 피 헌팅 사례들을 보고 드려 본다.

어머니: 아이고 이놈아. 본인 하나 앞가림하기도 허덕이면서 무슨 헌팅을 하고 다닌다고? 제발 정신 좀 차려줄래? 내가 이렇게 엉뚱한 너를 두고 어떻게 눈을 감겠느냐…. 그리고, 너. 술 좀 그만 먹고 다니라고 그렇게 얘기했건만…. 등짝 스매싱 한 번 맞아볼래?

꽃중년: 아니, 그게 아니고요. 수동태라니까요. 제가 헌팅하는 게 아니고 당하는 거라고요.

어머니: 별일도 다 있구나. 하긴, 우리 아들이 잘생기긴 했지. 그럼 그럼.

어머니와 꽃중년이 함께: 깔깔깔, 하하 호호.

연애라니요
어쩌다 헌팅 당한다고
어이구 네가 아직도 젊은 줄 아느냐
아서라 인간아.

타기에 좋다 하지만
고독하게 무르익기에 좋은 계절이다
가을이다

가을아 가을아 이 인간 좀 제대로 익혀라.
정신 좀 차리게.

* (이 글은 괜히 쓴 것 같다. 4번 카테고리 글로 그냥 놔 둘걸)

길은 걷는 자의 것
한 해를 보내며

꽁꽁 언 마음의 틈새
맞닿지 못하고 벌어진 이격
찬바람 시퍼런 경계의 끝
혼자서 어찌할 수 없는 저 밑바닥
불현듯 쓰라리게 일어서는
상처의 깨어진 통증마저

알뜰히 촘촘히 채우고
보듬어 녹이고 덥히는
스미듯 세세한 환대
아름다운 눈빛
침묵보다 다정한 응원
알뜰한 마음 살뜰한 격려

각자도생의 엄혹한 시절에도
컴퓨터 하드디스크 조각모음 하듯
서로서로 조각조각 잇고 붙여

옹기종기 오손도손 살아낸
한 해의 정성
한 해의 감사

길이 막혀도 괜찮습니다
하늘이 열리고 눈이 내리니
길이 끝나면 새길이 열리니
길은 걷는 자의 것

봄에서 여름 지나
가을 보낸
눈빛 다정과
하얀 사랑은

겨울에도 얼지 않습니다.

예순 즈음에

공원의 철학자

60대란 개인 인생 주기에 걸쳐 어떤 연령대이고 사회 속에서 어떤 의미로 자리매김하고 있는가? 오늘의 질문이다.

가볍지 않은 질문이라 두고두고 묵혀두려다가 더 이상 미루기에는 막바지에 온 느낌이라서 좀 가볍게라도 던져보려는 질문이다. 이렇게 툭! 던지면 가벼워지려나? 우선 '예순 즈음에'라는 문구가 떠오른다. 우리가 모두 알고 있는 '서른 즈음에'의 연상 작용이다. '즈음'이란 무슨 뜻인가. 일이 어찌 될 무렵. 다다르게 된 특정한 때이겠다. 애매모호 두루뭉술하다. 아무리 불확실성의 시대이지만 이 단어부터 바짝 조여 보자. 60대 문턱에 서서, 다가올 시절에 대한 조망과 그 시절을 살아낼 나의 태도와 방향의 밑그림을 그려보려는 마음은 어쩌면 지극히 당연한 마음의 흐름이겠다.

요즘 주말마다 바쁘다. 친구들도 만나고 지인, 전 직장 동료들, 거래처 파트너들, 학교 선후배, 동네 자영업 사장님들이다. 모임 구성원의 연령대, 각자의 전문 분야와 인간의 형태는 제각각이지만 일부러라도 각계각층의 사람들을 자주 만나고 있다. 세상 속의 현자들을 만나 얘기를 듣고 싶은 마음도 분명 한몫 한다. 특히 요즘은 예순 즈음이거나 갓 예순이거나 60대 초반 연령대의 사람들을 만나면 그들의 이야기를 좀 더 귀담아듣게 된다. 어떤 생각과 태도, 어떤 마음의 결기로 이 혼돈의 시절을 살고들 있는지 궁금하기 때문이다. 굳이 공식적으로 묻지 않아도 오고 가는 이야기 속에서 자연스레 흘러나오는 핵심 키워드는 세 가지로 좁혀진다.

돈과 건강, 자녀다. 이 세 가지 키워드를 관통하는 공통분모는 개인의 노후를 어떻게 대비할 것인가. 라는 의미일 터. 바야흐로 60대는 노후로 접어드는 현관문이고 그 문을 들어서는 모두와 함께하는 것은 걱정과 불안이다. '자녀'는 부모 마음대로 안 된다고 하니, 돈과 건강만을 살짝 들여다보자. (당연하다. 자녀는 스스로 당당한 인격체이고 독립체이므로)

각자의 인격이나 존엄과 상관없이 어려운 문제. 돈과 건강이다. 특히 돈과 건강은 치명적인 연결고리를 갖고 있다. 친구들의 애기를 들어보면 이미 유명을 달리한 친구들이 의외로 많고, 암이나 심장, 뇌와 같은 중병 질환으로 고생하는 친구, 지인들의 얘기가 적지 않다. 멀리 볼 것도 없다. 이미 나 스스로 알고 있는 경험 아닌가. 그러한 인생의 난제가 경제적인 이유로 원활한 극복이나 치료가 안 될 경우, 우리 대부분은 이런 예상만으로도 몸서리를 친다. 극도의 불안과 걱정에 휩싸인다. 그러하니 당연히도 돈과 건강이 우선순위 으뜸이다. 더군다나 대부분 은퇴를 앞두고 있거나, 이미 은퇴했거나 그런 연령대이다 보니 이 불안과 걱정은 기본값이다.

그래서 개인적 핵심 키워드 돈, 건강, 자녀에 더해 함께 나오는 키워드는 "일"이다. 지금까지 사회 속에서 어떤 역할과 지위를 갖고 있던, 그 시간이 끝나고 이제 완전히 다른 시간 속에서 맞이해야 할 "일"이다. 심신은 그럭저럭 멀쩡한데 어느 날 갑자기 사회적 사망 선고를 받고 강제로 방구석으로 내몰리게 되었건만 세상은 바뀌어 100세 시대라는 사상 초유의 상황에 직면한 우리는 '앞으로 뭘 해서 먹고 살 것인가' 이 질문 앞에 초라하게 서 있다. 연령대에 대한 사회적 규정과 의학, 과학의 발전으로 변이된 인간군상의 수명연장이 한마디로 환장하는 엇박자 스텝으로 꼬여버린 것이다. 누굴 탓하리오. 좋은 거냐? 싫은 거냐? 구분도 질문도 허용치 않는다. 은퇴했어도 한순간이라도 놓지 말아야 할 정신 줄의 이데올로기는 <먹고사니즘> 이라니 참으로 기가 막히고 코가 막힐 노릇이다. 시절이 이렇게 어수선하고 불안하여 노후 자금이 충분한 사람도 부족한 사람도 아예 없는 사람도 이 고민 앞에서는 모두가 자유롭지 못하다.

돈! 참으로 이야기하고 싶지 않지만, 모든 것이 돈으로 귀결되는 이 더러운 세상. 돈 말고 다른 산뜻한 해법은 없는가. 노년의 문턱에 선 60대를 근사하게 보내기 위한 해법은 도대체 무엇인가. 머리가 지끈거린다.

다시, 책에서 길을 찾아본다. 노후의 피할 수 없는 명제, 삶과 죽음이겠다. 철학자들은 이루 헤아릴 수 없이 많다. 빅토르 위고, 칸트, 니체, 플라톤, 몽테뉴, 흄, 연암 박지원, 라캉…. 머리가 더 지끈거린다. 내가 지금 필요한 조언이나 가르침을 찾는 건 이분들의 거대한 철학의 산에서 바늘 찾기 게임과 같으니 버겁고 무겁다. 무겁지만 가볍게 툭 던진 오늘의 질문 아닌가. 이에 대한 답도 고민도 툭툭 해보자. 힘 빼고.

다시 공원에 오른다. 공원에서 어르신들을 만났다. 두 분의 대화를 살짝 엿들어 보자. <어르신 건강 에어로빅>을 함께하는 어르신들이다. 두 분 모두 팔십 대 중반이시다. 얼추 구순 무렵이시다.

아버님: 이봐요. 자네 옆자리, 시장 할머니 요즘 왜 안 나와? 죽었소?

어머님: 글쎄요. 이웃에 사는 사이도 아닌데 내가 어찌 알겠소. 안 나오면 죽었는 갑지.

아버님: 아니면, 요즘 운동 많이 해서 젊어지는 거 같더니 애 낳았나? 산후 조리하러 친정갔나?

어머님: 하여튼 이 양반 별소리를 다 하시는구려.

아버님, 할머니: 껄껄 하하 호호

아버님: 이봐. 거기. 과묵 총각. 자네는 뭔 일인지 알고 있나?

꽃중년: 저 저요? 저는 일단 총각은 아닙니다만…. 시장 어머님 소식은 저도 들은 바가 없어서요.

아버님: 총각 맞는 거 같은데? 한 서른 중반쯤 돼 보이는구먼. 어찌 그리들 매정한가. 이 할머니 죽었으면 문상이라도 가야 하니 좀 알아들 보소.

며칠 후, 시장 어머니께서 모처럼 운동에 나타나셨다. 살아계셨던 거다.

아버님: 죽은 줄 알았지. 아 낳으러 친정 다녀온 거요?

시장 어머님: 이 양반이 나 없는 사이에 날 저세상 보내다니요. 참나. 아를 낳다니. 깔깔깔. 단풍 구경 갔다 왔어요.

아버님:아무튼, 저세상 갈 때 가더라도 우리 함께 운동했던 시간은 즐거웠소. 언제 갈지 서로 모르니, 인사 정도는 미리미리 서로 나누며 살자고.

마계 인천 어르신들의 포스가 작렬한다. 탄생과 삶, 그리고 죽음을 해학과 풍자, 유쾌와 유머로 풀어내는 저 어르신들이야말로 초연 달관 저 너머의 광장의 철학자. 공원의 철학자들 아닌가. 웃음과 감동의 도가니에 잠시 넋을 놓고 있다가 무릎을 '탁' 친다. 유레카! 맞다. 지금과 같은 사상 초유의 100세 초고령 시대 속의 예순 즈음을 위한 철학을 구하려면 공원의 어르신 같은 최근의 철학자에게 물어봐야 한다! 공원을 쏜살같이 뛰어 내려온다.

방구석에서 찾아낸 철학자는 프랑스 철학자 파스칼 브뤼크네르. 세계적인 지성이라는데 솔직히 잘 모른다. 1948년생. 2022년 현재 대충 70대 중반의 형님이시다. 딱 맞다! 이 형님의 말씀 중 눈에 들어오는 구절이 있다.

"정신적 나이, 감성적 나이는 생물학적 나이와 일치하지 않는다. 노화를 늦추는 방법은 욕망의 역동성 안에 머무는 것이다. 양립 불가능한 것들을 화해시키자. 낭만주의와 느긋함을, 뻔뻔함과 주름살을, 백발과 기꺼운 폭풍을. 나이에서 황폐한 장식을 벗겨내고 노년을 유머와 멋으로 갈아엎어야 한다. 한계는 밀어내기 위해 존재한다. 아직은 퇴장할 때가 아니다. 좋아하는 일, 할 수 있는 일을 최대한 늦게까지 하라. 어떠한 호기심도 포기하지 마라. 생의 마지막 날까지 사랑하고, 일하고, 여행하고, 세상과 타인들에게 마음을 열어 두어라. 흔들림 없이 자기 힘을 시험하라. (중략). 포기하라는 사회의 강요를 거부하라. 아직은 퇴장할 때가 아니다. 오늘의 노년이다."

딱 맞다! 원하던 바늘을 찾았다. 요즘 남몰래 추구했던 마음의 소리를 어쩜 이리도 기가 막히게 파악하시고 이렇게도 멋진 말로 정리해 주신 걸까? 완전 맞춤형 철학자이시고 1타 강사의 족집게 강의 같은 시원시원한 금과옥조의 문장이로다. 역시 세계적

지성이 그냥 되는 게 아니다. 역시 책 속에 길이 있다는 말이 누군가 그냥 한 말이 아니다. 다시 힘을 내 본다. 썰렁하기 그지없는 유머나 아재 개그도 마음껏 날려보자. 허술한 몸도 살살 달래가며 고쳐가며 데리고 살고, 출간이든 등단이든 지금은 너무 먼 이야기이니 되지도 않는 글이지만 일단 계속 써보자. 왜냐. 내가 좋아하는 일이니까. 쓰다 보면 알게 되겠지. 나의 욕구가 나의 과제와 사회에서의 쓸모가. 자연스레 정리되겠지.

또 한 분의 철학자가 있다. 노래의 철학자. 음악의 철학자. 김광석 형이다. (믿기지 않겠지만) 나와 동년배이나 노래를 잘하니 형이다. 형의 음악과 미소와 이슬과 함께 불러야 할 노래가 있다. 스물아홉에 불렀던 이 노래를 다시 부른다. '서른 즈음에'.

가사와 멜로디에서의 걱정과 불안과는 다르게 우리의 서른은 찬란했다. 괜찮았다. 예순도 그러하리라. 괜찮을 것이다. 서둘러 퇴장하지 않는 한.

공원 할아버지가 나더러 서른 중반 총각이라고 칭하지 않았는가. 어르신. 만수무강 하시옵고 복 받으소서! 멋지고 근사하게 그 서른을 맞이하자. 그 예순을 맞이하자. 끝날 때까지 끝난 게 아니다. 아직은 퇴장할 때가 아니다.

"두 번째 서른 살~ 파이팅!"

우리 다시 함께
쉬었다 가자 갔다가 오자

서너 살쯤 되어 보이는 아이가
왼손엔 엄마 손 오른손엔 아빠 손잡고
공원의 높은 계단을 오릅니다
어느 여름날입니다

엄마 나 힘들어
많이 힘들어? 조금만 더 가면 돼
히~잉
아빠가 힘들면 어떻게 하라고 그랬지?
쉬었다 가라고 했지
아이고 똑순아~ 저기 벤치에서 쉬었다 가자
야호~

지난여름 태풍의 이름은 기억나지 않지만
똑순이네 가족의 평범한 대화는 또렷이 기억납니다

이 가을엔

낙엽도 쉬는 중입니다
부러진 나뭇가지도 동네 고양이 친구도 함께
폭신폭신 이불 덮고
뒹굴뒹굴 티브이 보며
흙의 경계에서
벤치에서
길 위에서

그렇다고 마냥 쉬는 건 아닙니다
쉬었다 가자에는
우리, 다시 와 함께가 생략되어 숨겨져 있습니다
(우리) 쉬었다 (다시) (함께) 가자

아쉽거나 슬퍼하기보다는
잠시 쉬었다가 가는 겁니다
낙엽에서 휴식 품은 알갱이 되어
땅으로 나무로 다시 오게 됩니다
자연으로 갔다가 자연으로 옵니다
우리 다시 함께

그러니 전체 문장은 이럴 겁니다.
(우리) 쉬었다 (다시) (함께) 가자
(우리) 갔다가 (다시) (함께) 오자

힘들면 쉬었다 가라는 똑순이의 말처럼
잠시 쉬어가도 좋겠습니다

가을도
우리도

별의 소리
별은 내 안에 있다

끝 모를 터널에
갇혔어도
총총히 별을 보고
끝끝내
빛을 구하리

어쩌면
한 걸음 나아가는
안쪽이
자꾸만 물러서는
바깥보다
밝을지도 모를 일

장막을 거두면
보이는 곳
밝은 곳
길의 다정한 끝

바다의 너른 시작

빛은 마음 안에 있다
별은 내 안에 있다

둥둥
북소리는 안에서 울린다

빛은 소리다
별의 소리
눈 밝혀 보거나
기어이 들어야 할

도전, 그 매력에 대하여

공부하는 아빠, 도전하는 아빠

'도발'은 너무 세고, '응전'은 상대방이 걸어온 싸움에 대응하는 수동적인 표현이라 왠지 싫어한다. 반면에, '도전'이라는 단어를 좋아하는 이유는 자의와 투지가 오롯이 담겨있고 그 단어의 외침만으로도 그 간결과 가열이 느껴지기 때문이다. '도전!'하면 된다. 긴 말도 구구한 설명도 필요 없다.

살아오면서 시도한 이런저런 도전 중에는 자잘하고 소소한 성공의 결실도 어쩌다 있었지만, 대부분의 도전은 중도하차 또는 실패가 압도적이다. 돌이켜 보면, 무리한 욕심으로 시작했으나 마무리짓지 못한 경우가 허다했고, 사소한 실수나 방심으로 낭패를 본 경우도 수두룩했다. 그러한 경우가 인간관계일 경우에는 후유증이 무척이나 오래가기도 한다. 그래서 인간관계 측면의 도전들, 이를테면 새 친구 사귀기, 정주고 마음 주기, 고민 상담에 응하기 등의 분야에서는 나이가 들수록 더욱 조심스러워진다. 관계가 실패나 악화로 갈 경우 상처가 남고 또 그 후유증을 극복하려면 많은 시간과 노력이 필요하게 되니 말이다. 예전에는 마당발 인맥 왕이었는데 지금의 나는 MBTI 검사에서 I로 시작하는 이유이기도 하겠다.

　그러함에도 나는 도전을 멈추지 않는다. 현재 나의 위치가 무슨 대권 도전하는 유명 정치인이나 올림픽 금메달에 도전하는 스포츠 선수는 아닌 만큼, 그 도전의 종류는 당연히 소소하며 검소한 소시민의 일상적인 일들이다.

　예를 들어, 하루 만 오천 보 걷기, 하루 하프 푸시업 오백 개 하기 (가진 건 몸 하나. 더 고장 나기 않게, 고장 난 곳도 살살 고쳐가며 살아가기 위해), 주말엔 도서관 가기 (좋은 인간 되기 위해), 영어공부 다시 하기 (외국 작가들의 서적을 번역본이 아닌 원서로 읽고 감상하기 위해), 기타 배워서 동네 공원에서 공연하기 (악기로 감정을 표현하고, 소리로 세상을 느껴보려고), 바리스타 1급 자격증 따기 (커피 마시며 독서 하려고), 마을 서점 차리기 (멀리 안 나가고 가까이서, 지쳐 쓰러지도록 책 읽고 싶어서), 대학생 되기 (세종 사이버대 문예창작학과 재학 중임. 글공부, 마음공부하고 싶어서), 독서 지도사 또는 도서관 죽돌이 할아버지 되기 (동네 아이들에게 좋은 책 소개도 하고 같이 즐겁게 읽고 싶어서), 내 이름 석 자 건, 책 한 권 출간하기 (생각만 해도, 상상만 해도 설레니), 여행하기 (많이 보고 다시 돌아와 쓰기 위해서), 신규 오픈한 동네 마트의 <스티커 100개 모아서 붙여오면 시오품은 드립니다.> 같은 마땅히 해야 할 도전들.

　뭐 그런 아이템들이다. 참으로 야무지다. 이렇게 적다 보니, 내가 무엇을 좋아하는지 대략적인 방향성이 보인다. 대부분, 좋은 작가가 되기 위해 나름 필요하다고 판단한 일련의 계획된 활동들이다. 궁극적인 목표인 좋은 작가가 되는 길은 멀고도 험하겠지만, '촉을 세우고 이런저런 시도를 하고 경험하다 보면 가랑비에 옷 젖듯이 작가로서의 소양과 기본이 갖춰지지 않겠어? 그러다 보면 언젠가 뭐든 되겠지?' 근거는 없지만 나름의 짱짱한 패기가 엿보인다. 늘그막에도 이러한 소망을 품고 소소하고 재미난 도전을 시도 하는 중이다. 별로 남아 있지 않은, 기력과 영혼의 에너지 배터리를 한 방향에 집중, 투입하려는 고도의 전략과 디테일이 담긴 액션 아이템들이다. (동네 마트 스티커 아이템은 생계형이고)

청년시절은 이보다 더 크고 가슴 웅장한 풍운의 꿈과 도전의 연속이었던 치열했던 시절로 기억된다만, 먼 길 돌아와 거울 앞에선 장년의 이 나이에는 너무 기준이 높거나 장벽이 높은 도전은 되도록 삼가는 편이다. 괜한 욕심에 무리가 오게 되고 혹여나 어떤 성과나 결론이 없게 되면 자존감은 물론 자신감도 바닥을 치니 이래저래 상처가 깊다. 되도록 기대치를 낮추고 회복탄력성에 문제없을 그런 고만고만한 아이템에 도전하다 보면 한두번의 실패에도 꾸준히 열정을 놓치지 않을 수 있기 때문이다. (고만고만한 아이템에서 책 한 권 출간하기, 기타 배우기, 마을 서점 차리기는 열외다. 장기적 아이템이라 해두자. 절대로 고만고만하지 않기에)

그러함이 정신 건강에 좋고 자연스러운 일이겠다. 어떤 성과나 결과에 목매지 않고, 타박 하는 이도 없으며 치열하게 신경 써야 하는 경쟁자, 마감일도 없으니 그저 내 맘대로 선택, 중도하차, 재시도를 할 수 있는 이러한 자유스러움도 장년의 나이 때이기에 가능한 일일지도 모르겠다. 젊은 시절처럼 <먹고사니즘>을 위한 박 터지는 실무적, 업무적 도전에만 매몰될 일이 아니라, 어쩌면 지금쯤의 나이대가 진정 좋아하는 분야에 도전 할 수 있는 시기가 아닌가 싶다.

이래저래 생각이 많아진다. 지난 세대와는 달리, <먹고사니즘>의 고민 없이, 우리의 젊은이들도 좀 더 자유롭게 하고 싶고 좋아하는 분야에서, 뜻하고 의지 심은 일에 마음껏 도전하고 배우고 경험하며 살아갔으면 좋겠다는 생각이다. 좋아하는 일을 생업이나 직업으로 삼았으면 얼마나 좋을까. 요즘은 시대와 업과 생의 가치 기준이 많이 변했으니 조금 나아진 상황이려나. 장담할 수 없다. 급변하는 대한민국이지만, 본인에게 맞지 않은 일을 억지로 꾸역꾸역 해가며 생계를 유지해야 하는 짐은, 수십 년이 지나도 여전히 무겁다. 창의도 재미도 진정한 자유로운 세상도 아직 멀기만 해 보인다.

워낙 호기심천국인 내 성격에 다양한 분야에 도전을 서슴지 않는 편이지만, 가장 즐기는 도전은 "공부"다. 학창 시절 제법 전교 레벨에서 놀던 나에게는 나이 들어서도 매우 적합한 취미활동이다. 조금 재수 없게 들리지만 한마디로 취미가 공부인 것이다.

(맞다. 그 희귀하다는 범생이 출신이다) 특별히 큰돈도 안 들고 많은 사람이 모일 필요도 없고 어떤 장소도 굳이 필요치 않으니 혼자서도 집에서도 공원에서도 얼마든지 언제든지 도전할 수 있는 취미이니 이 얼마나 좋은가.

그런 기특한 사유의 연장에서, 재작년엔가, 국제무역사 자격증 취득에 도전하였다. 명색이 해외사업, 해외영업 업무에 수십 년 경력을 자랑하지만 번듯한 자격증 하나 없어서야 되겠는가라는 자각에서 시작되었다. 시험 도전의 결과는 당연지사 불합격. 생각보다 어려웠다. 현업 실무에서의 지식보다는 제반 법령, 법규의 세세한 판단과 국제법상의 다양한 해석 등을 판단하는 능력은 절대적으로 짧은 시간 내에는 무리가 따르는 일이었다. (이거 무슨 고시 같은데?) 주말을 반납하고 첫새벽부터 밤늦도록 영혼을 갈아가며 도전한 노력은 그만 무위로 그치고 말았다. 겨우 반타작에 허덕이는 점수표를 보고 며칠간 망연자실 정신을 놓고 있다가, 이렇게 생각하기로 했다.

'짧은 공부시간에도 불구하고 반이나 맞췄네~. 수험생들이 대부분 2030 젊은이들이고 환갑 할아버지는 나뿐이던데 이만하면 아직 쓸 만한 녀석 아닌가? 무엇보다도, 나이에 상관없이 늘 배우고 경험하고 익히는데 두려워하거나 주저함 없는 도전정신으로 충만해 있으며, 끊임없이 공부하는 아빠의 마음과 자세가 우리 아이들에게 조금이라도 좋은 영향이라도 주지 않겠어?'

고난의 인생길, 아이들이 용기 있게 헤쳐 나가도록, 공부하는 아빠, 도전하는 아빠, 행동하고 실천하는 아빠의 모습, 그 자체를 통해 삶을 대하는 태도를 아이들이 느낄 수 있다면 더없이 좋겠다. 살아가면서 마주칠 역경을 극복해 나갈 수 있는 단단한 마음, 나름의 좌표를 찾는 방법을 물려줄 수 있다면 한없이 좋겠다. 선부르게 하는 말들. 그저 힘내라는 무의미한 조언이나 방향성 없는 몇 마디 말보다는 훨씬 품격 있고 우아하지 않은가?

물려 줄 돈도 땅도 그 흔한 건물 하나 없는 나는, 우리 아이들에게 살아가면서 두 가지 문이 있다고 얘기해주고 싶다.

"역경에는 두 가지 문이 있는데, <가능성의 문> 그리고 <사랑의 문>이다. <가능성의 문> 안에는 여러 작은 문들이 있는데, 삶의 역경과 장애물을 만났을 때, 갈 길을 잃었을 때, 새로운 그 문들을 선택하고 주저 없이 열고 배우면서 한 걸음 한 뼘이라도 전진하여라. 한쪽 문이 닫히면 분명, 다른 문이 열리는 법칙이 인생길의 묘미다. 사자성어로 "일폐일개"(검색창에서 찾지 마라. 안 나온다. 아빠가 만든 사자성어이니...) 그 문을 꾸준히 찾고 즐겁게 구하여라. 사회가 정해 놓은 성공과 행복의 기준과 잣대에 연연하지 말고, 너희들 자신을 오롯이 담을 그릇의 꿈과 싶이에 집중하고 즐겁게 전진해라. 선택의 갈림길에서 무엇이 좋은 선택인지 많이 고민하겠지만, 선택한 선택을 좋은 선택, 나은 선택으로 만들려 노력하고 기꺼이 감당하면 된다고 본다. 그러다 보면, 어느 길모퉁이에서 문득. 발견하게 될 문은 (아빠와 엄마의) <사랑의 문>이다. 잘 해내고 있다고, 잘 살아내고 있다고 토닥이는 격려와 응원의 문이란다."

어느 먼 훗날, <사랑의 문>에 다다른 아이들의 미소를 미리 상상해 본다. 그때, 아빠와 아이들의 미소는 눈물보다 훨씬 곱고 그리움보다 더욱 아름다울 것이다. 그 미소는 다시 다음 세대로 이어 질 유산이고 자산이 될 테니, 단언컨대, 이런 도전의 자세는, 삶에 대한 태도이자 생명에 대한 정중한 예의이겠다. 도전하는 아빠의 발걸음이 멈추지 않는 이유이다. 가난한 아빠의 비겁한 변명 같은 얘기일지 모르겠으나, 자꾸만 생각해 봐도 아주 근사한 명분이다. 괜히 흐뭇하다.

'도전'은 곧 '배움'이며, '명분'은 삶의 방향이나 의지 또는 철학이라고도 누군가는 설파한다. 여기서 '누군가'는 아빠다. 괜히 뿌듯하다.

얼마간 상심의 시간을 마냥 흘러버리고 있다가, 벽돌 같은 교재를 펴 들고 다시금 배움과 도전의 길로 뛰어든다. 수십 년 전 얘기지만, 인천 제물포고등학교 전교 3등의 위엄과 영민함을 업계에 보여 주어야한다. 아니, 이제 그런 허세 충만함 또는 재수 없음 보다는, 배우는 즐거움과 도전하는 즐거움의 그 짜릿한 매력을 놓치지 않고, 또한 지속 가능한 열정을 놓지 않기 위함이 가장 큰 목적이다.

포기도 빛의 속도로 빠르지만 그 어떤 시작, 재시작도 못지않게 빠른 나의 성향이 어쩔 땐 궁금하기도 하다. 각자의 스타일이 있는 거니까, 그저 내 취향, 호흡과 속도에 맞게 좋아하는 일 시도하고 도전하면 되는 거겠지. 결과에 함몰되지 않으며 과정 속의 행복을 느끼는 그런 할아버지. 지. 덕. 체를 겸비하고 잘 울고 잘 웃는 감정선 풍부한 작가 할아버지!
내가 꾸는 꿈이다. 내가, 오늘과 내일의 나를 위해 도전과 배움의 재미를 넉넉히 안겨 줄 수 있다는 사실은 즐겁고 또한 기쁘다.

배우러 온 인생 아닌가.

그러니 나이 들어서도 바쁘다.
퇴근해서도 바쁘고 주말에도 바쁘다.
친구들이 술 먹자 해도 못 나가니 녀석들이 아우성이다.
저 혼자 바쁘고 신경질 나게 바쁜데 신기하게도 즐겁다.
아주 근사하며 야무진 도전이 분명하다.
'노 쌤!'의 매력이다.

우리 함께 외쳐 보자.
"무한~~~ 도전~~~!"

걷다 보니 알게 된 것들

선명한 자유

걷기의 효능은 무엇일까? 친절하게도 <대한 걷기 협회>에서 이미 정리한 사항은 이렇다. 지방감소, 스트레스 해소, 혈압안정, 비만 해소, 노화 방지 그리고 뇌졸중 예방. 효능 대부분은 얼추 알겠고, 심장병/뇌졸중 예방에 대해 좀 더 알아보자.

"뇌졸중을 예방하기 위해서는 심장이나 뇌에 영양을 공급하고 있는 동맥을 노화시키지 않는 노력이 필요합니다. 특히 혈액 중의 LDL 콜레스테롤이나 중성지방 등의 물질을 필요 이상으로 늘리지 않는 것이 소중합니다. 걷기 운동은 LDL 콜레스테롤의 산화를 일으켜 고밀도 낮은 알갱이 비율을 줄입니다. 더욱이 동맥경화 예방 작용으로 HDL 콜레스테롤이 역으로 증가한다는 사실이 일반화되고 있습니다. 콜레스테롤과 중성지방은 빠른 걸음과 같은 중정도 강도의 운동을 장시간 계속하면 소비되고 효과적으로 알려져 있습니다."

- 출처: 대한 걷기 협회 회보.

큰 병에 걸려 힘들었던 시절을 통과하면서부터 선택하고 시작한 것은 걷기 운동이다. 비용도 무료고 값비싼 장비도 필요 없다. 팔다리만 있으면 된다. (없어도 상관없다. 세상에는 휠체어도 있고, 의수 의족도, 고마운 과학도 있으니) 대략 7년째 하고 있다. 무엇보다, 지난한 재활의 터널을 버티고 건너오게 되었고, 90kg을 넘나들던 체중은 70kg 초반대로 나름 날씬해졌으며, 빵빵하게 부어오른 호빵 얼굴은 날렵한 턱선의 학창 시절 얼굴도 얼핏설핏 보인다. 170~190을 오르내리던 혈압은 120~130으로 안정권을 유지하며, 하루에 삼천 보도 버거워하던 체력은 이만 보를 걸어도 별달리 피로감이 없다.

젊은이들처럼 특별히 헬스클럽을 다니거나 성큼성큼 뜀박질하거나 그러지 않아도, 의사 선생님의 자신 있는 권고나 대한 걷기 협회의 안내만큼은 증명되는 수치상, 신체상의 효능이라 하겠다. 전문적인 운동생리학 측면의 보행 효과까지 들먹이지 않아도 온몸으로 명백히 입증한 효능이다. 7년이라는 시간 동안 헬스를 했으면 울퉁불퉁 몸짱이 되어있겠고, 마라톤을 했으면 더욱 날렵한 인간이 되어있겠지만, 아서라. 무리다. 그저 걷기만으로 이 정도의 효과를 봤으니 감사하고 또 고마운 효능이 아닐 수 없다.

그런데, 여기서 끝이 아니다. 프랑스 철학자 프레데리크 드로는 <걷기, 두 발로 사유하는 철학이다>라는 책에서 걷기에 관한 생각과 이야기를 풀어놓는다. 철학이라니. 묵직하다.
책에서도 언급되었지만, 많은 철학자의 걷기에 대한 명언이나 어록들은 차고도 넘친다.

니체 - 지면에서 멀어지기 위해 걸어라. 걷기는 명상과 비슷하며, 걷기를 통해 마음과 정신을 집중시키고 미래에 대한 비전을 품는다.

괴테 - 내가 이 놀라운 여행을 하는 목적은 나 자신을 속이기 위해서가 아니라, 많은 것을 보고 겪고 느끼면서 참다운 나 자신과 마주하기 위해서였다.

헨리 데이비드 소로 - 걷기는 인간이 자연과 상호작용하는 방법의 하나다. 걷는 것이 자연에서 온 행위이며 자연과의 연결을 유지하는 방법이다.

루이스 알테우스 베르남 - 걷기는 '머릿속의 사색'을 도와주는 중요한 방법의 하나다. 걷기는 영감을 주고 창의적인 생각을 도출하는 데 도움이 된다.

루소 - 나는 걸을 때만 사색할 수 있다. 내 걸음이 멈추면 내 생각도 멈춘다. 내 두 발이 움직여야 내 머리가 움직인다.

다윈은 아침저녁으로 산책로를 걸으며 생각하며 그 유명한 <종의 기원>을 썼다. 이러한 철학자들은 걷기를 각자의 삶의 방식으로 평가하고 있지만, 걷기가 인간의 신체와 정신에 긍정 영향을 미친다는 효능에 대해 공통으로 동의하는 것으로 보인다. 어쩌면 인류의 화려한 지성사는 걷기에서 출발하지 않았나 싶을 정도로 걷기에 대한 평가는 절대 가볍지 않다.

여러 철학자 중 가장 마음이 가는 현인은 역시 니체다. "생각은 걷는 자의 발끝에서 나온다."라고 말하는 니체는 전문 산책자였다. "나는 나그네요 산을 오르는 자다. 내 어떤 숙명을 맞이하게 되던 그 속에는 방랑이 있고, 산 오르기가 있다. 사람은 결국 자기 자신만을 체험할 뿐이다." 고질병인 만성 두통을 이겨내려고 니체는 걷고 또 걸었단다. 니체는 아픈 이였다. 동병상련의 마음일까? 그래서 더 마음이 간 걸까? 아픈 산책자! 그러니 니체랑 친구 하기로 했다. 이 얼마나 당찬 동네 아저씨인가.

프레데리크 드로, 작가의 책 뒤표지에 결국 이런 말이 나온다. "나는 걷는다. 고로 철학 한다." 오호라. 내가 그동안 설렁설렁 얼렁뚱땅 설렁 곰탕 철학을 하고 있었구나.

시인의 시선은 또 어떠한지 들여다보자.

<걸으면서 눈치챈 것>

- 신광철 시인

걷는다는 것은 산다는 것과
동의어일지도 모른다

한쪽 팔이 앞으로 가면
다른 팔은 뒤로
한 발을 앞으로 내밀면
다른 발은 뒤에 남는다

그래
어긋남의 반복이 삶이었구나

흔들리면서
한 방향으로 가는 것이었구나

　어긋남의 반복이라니. 흔들리면서 한 방향으로 나가는 삶에 비
유한다. 어떠한 과학적, 수치적 표현보다도 짧은 몇 마디로 간결
하고 깊게 마음을 울린다. 시란 이렇게 단단하고 시인은 그렇게
세상과 인간을 통찰한다. 나에게, 니체보다 더 가까운 현자는 역
시 광철이 형이다.

가까운 이웃은 어떤 얘기를 할까? 지나가는 동네 아저씨와 돌발 인터뷰를 나눠보았다. 이런 이야기를 한다.

"걷기의 묘미는 만보기에 찍힌 하루 걸음 수의 총합에 있는 게 아닐 겁니다. 사시사철 다채로운 계절의 멋과 정겨운 이웃들의 미소, 모든 삼라만상과의 유쾌하거나 고독한 대화는 몇 마디 숫자로 표현되지 않는 넉넉한 풍요로 하루를 채우기 때문입니다. 공원 곳곳을 채워가는 발자국은 한 땀 한 땀 아름다운 무늬가 되어 켜켜이 쌓여가는 사색의 역사, 삶의 역사를 향해 묵묵히 나아가기에 보이지도 않고 측정할 수도 없지만, 이 역사는 만보기의 숫자보다 훨씬 뿌듯합니다. '걷다 보니'는 [오다 보니 지나가다 보니 주워 왔어. 툭!]처럼 어쩌다 얻어걸리는 그런 건 아닙니다. 피땀 눈물이 함께하며, 살기 위해 필사적으로 걷는 존재의 치열한 침묵은 인생의 시린 계절, 겨울을 나게 합니다. 걷기는 나를 살린 선명한 자유입니다. 그러므로 나는 오늘도 역사를 쓰고 무늬를 짜며 계절을 지납니다. 걷다 보니 생각하게 되고, 생각하니 쓰게 됩니다. 쓰려면 생각해야 하니 다시 걷습니다. 나는 요즘의 이런 내가 참 좋습니다."

이 동네, 이 사람 심상치 않다.

"아저씨 이름이 뭔가요?"
"우리 사이에 굳이 통성명은 필요치 않을 텐데... 저는, 새벽을 거닐고 문장을 노니는 문학소년 김호섭 이라고 합니다."

4부.

이별 없는 사랑

몸이 글을 밀고 나가는 힘
긴 호흡이 필요한 시간

"내 몸이 글을 밀고 나가는 느낌이 든다."

그 말이 생각났다. 어느 책에서, 대가 김훈 선생이 글 쓰는 작가의 일상을 표현한 말이다. 컴퓨터가 아닌 원고지에 일일이 연필로 쓰며 오랜 기간 고집해 온 아날로그적 삶의 기쁨이라 하신다. 쓰고 지우기를 무한 반복하면서 과정의 고통과 쓰는 이의 온갖 희로애락을 몸으로 밀고 끌고 챙겨서 가는 그런 느낌이 좋다는 작가의 깊은 감성을 나는 하염없이 존경한다. '연필로 쓴다.'라는 평범한 표현을 '내 몸이 글을 밀고 나간다.'라고 쓰는 순간, 문장은 단순하고 평범한 의미를 넘어 새로운 의미가 붙고 상상이 촉발되고 생명력이 부여된다. 이런 문장은 도대체 어떤 사유와 통찰에서 나오는 걸까? 역시는 역시다. 대작가가 된다는 건 그럴만한 이유가 있는 법.

컴퓨터에 짧은 글 한두 개 쓰기에도 버거워서 가뜩이나 부족한 머리카락만 쥐어뜯고, 삼십 분만 앉아 있어도 좀이 쑤셔 참으로 부산스러운 나와는 차원이 다른 거장의 내공 또는 품격이겠다.

분명, 평생 작가로서 예술가로서의 그 끈기와 성실과 기백은 감히 범인이 행할 수 없는 "결"이기도 하겠다.

생각이 떠오른 김에, 먼지 켜켜이 쌓인 책장을 뒤져보니 김훈 작가님의 그 책 제목은 <밥벌이의 지겨움>이다. (연필로) 글 쓰는 일이 그저 언뜻 보기에 멋스럽고 한가로운 로망으로서의 사치가 아니라 (몸으로) 글 쓰는 일이 창작자 이전에, 엄연한 생활인으로서의 치열함과 고단함을 의미하기에, '대작가 또한 우리처럼 고단한 직업인이기도 하구나'라는 마음은 한편으로는 친근하고 또한 정겹다.

나에게는 사랑하고 존경하는 예술가 또 한 명 있다. 몇 년 전부터 일러스트 작가로 활동하고 있는 딸 예은이다. (작가명 : 어니니). 네이버 인플루언서 이면서 디지털 드로잉 일러스트레이터 또는 유튜브 크리에이터. 평생을 IT Guy라고 자부해 오던 나도 생소하기 이를 데 없는 분야에서 딸은 활발히 활동하고 있다. <인도네시아 아이유>라는 어느 유명 가수의 디지털 앨범 제작을 한 바 있고, 유화에 수채화를 넘나들더니, 관공서 강의나 온라인 클래스 강의에 종횡무진이다. 급기야, 해외 팬 사인회 행사 있다며 출장도 간다. 한 걸음 한 걸음 초보적 작가 활동을 꾸준히 하더니 어느새 인가 이 분야의 인플루언서가 되어있다. 급기야, <디지털 브러시> 라는 붓을 글로벌 베이스 시장에서 판매도 하고 그런단다. 아이패드에서 그림을 그릴 때 사용하는 붓이란다. 아이고 어지럽다. 두꺼운 붓에서 초미세 붓까지 크기도 모양도 다양하다. 그림 그리는 소프트웨어에서 기본으로 제공하는 붓이 아니라 딸이 별도로 제작한 "커스텀 브러시"란다. 어후후 모르겠다.

　SNS 팔로워가 어느새 3만 명을 훌쩍 넘어섰다. 수십만, 수백만의 팔로워를 자랑하는 크리에이터들이 많고도 많은 세상이지만 3만 명이라는 수치적 도달은 딸의 치열한 노력이 있었기에 가능한 일이겠다. 어마어마하다. 딸에게도 사랑과 존경을 보내야 마땅하다.

　좋아하는 일에 초집중, 몰두의 경지에 빠진 사람의 모습은 정녕 예쁘고 멋지고 매력 충만이다. (딸아. 너도 그렇다) 앞서 언급한 거장의 아우라와 감히 견줄 수는 없겠으나, 각개의 붓으로 선과 면 그리고 여백을 채워나가는 딸의 몰입된 모습을 보며 아빠의 눈에는 대작가 김훈 선생의 글 쓰는 모습이 감히 중복된다. 선생의 몰입된 눈과 손처럼, 딸의 총총한 눈빛과 미세한 붓 터치로 그림을 밀고 가는 모습은 가히 예술의 경지라 할만하다. 맞다. 팔불출 아빠다. 온갖 붓으로 그려진 그림에는 묵직한 진심과 섬세한 감성이 넘실거린다. 맞다. 딸 바보 아빠다.

　얼마 신부니, 네뻬비 끄민기 ′두끠 (글쓰기 플랫폼) 링크가 딸의 다양한 플랫폼에 걸렸다. <브런치 작가가 된 우리 아빠>라는 링크 제목으로.

　"(당황함을 금치 못하며) 딸아. 아니…. 아빠는 작가의 등용문인 전통과 역사의 신춘문예 또는 각종 문단에 공식 데뷔한 작가도 아니고 그저 브런치 스토리 작가란다. 그런데, 이렇게...”

“아빠, 요즘 브런치 스토리 작가 도전하는 사람 꽤 많고 심사 통과되는 방법 가르치는 학원, 세미나 그런 것도 엄청 많이 생길 정도래요. 보통 어려운 게 아닌가 봐요.” 아빠는 더욱 당황한다. “이게 무슨 일이냐. 도대체, 아무튼, 그래서, 설마, 자랑스러운 마음에…?” (아뿔싸. 3만 명 중의 누군가는 딸의 링크를 통해 얼떨결에 나의 글을 읽을 텐데. 얼굴이 뜨끈뜨끈하다. 별 볼 일 없는 아빠의 작품세계를 떠하니 대문에 걸어 둔 당당한 패기. 역시 내 딸이다.)

그 마음의 바탕은 아빠에 대한 딸의 사랑이라는 건 아빠도 잘 알고 있으니, 링크를 내리라 마라 유난을 떨진 않는다. 그저 글 수준에 대한 부끄러움은 오로지 아빠의 몫일 뿐. 그저 열심히 부지런히 좋은 글을 써야 하는 또 하나의 이유다.

누가 억지로 멱살 잡고 글쓰기 하라고 시킨 일도 아닌데, 쓰는 날이 많아질수록, 자기 위축 또는 부담을 자꾸 확장하는 이유는 뭘까? 잘하고 싶은 마음이겠다. 조급한 마음도 한몫하고. 그러니 자꾸만 자책과 반성이 넘쳐나는 요즘의 일상이다. ‘인간아. 초보 운전자가 어찌 F1 그랑프리 카레이서 같은 현란하고 엄청난 질주를 꿈꾸는가. 좋아하는 일 오래 하려면 마음을 비워야 하는 법. 어처구니없는 욕심이 웬 말이냐?’

애면글면하면서 놓쳐버린 것은 '긴 호흡'이겠다. 정신 줄을 바짝 당겨본다. 나는 어떤 끈기와 근성으로 '몸으로 마음으로' 책을 읽고 글을 밀고 나갈 것인가? 긴 호흡으로 가자. 좋아하는 일을 몸과 마음으로 밀고 가보자. 그 길이, 그 여정이 오래도록 행복하기를 소망해 본다. 딸도, 아빠도.

어느 말간 새벽, 인터넷 공간에서 딸의 호출이 날아온다. "깨톡"

"나는 그림을 그릴 테니, 아빠는 글을 쓰시오."
"네. 따님."

딸은 그리고 아빠는 쓴다. 딸은 그림으로 정제된 말을 하는데, 아빠는 글로 정신머리 없는 그림을 그린다. 갈 길이 멀다.

마음의 간절기
팔월과 구월의 경계에서

처서가 지난 지도 열흘이 넘어간다. 어제 일요일에는 하염없이 종일 비가 왔었고 오늘도 그 비는 이어진다. 태풍도 온단다. 조석으로 공기의 밀도가 다르다. 공기 입자의 맛과 향도 다르다. 쌉싸름 달콤하며 신선한 박하 향이다. 이제 사계절 공기마다의 차이점, 특이점 정도는 가뿐히 분간할 줄 아는 나이가 되었다. (인디언이냐?)

하늘은 높아졌고 바람은 서늘하며 햇살의 맹렬은 어느새 다정하다. 덩달아 공원도 무척이나 붐비기 시작한다. 사람들 때문이 아니다. 겨울의 추위를 대비하여 미리미리 남쪽으로 날아가는 새들의 V자 행렬이 공원 하늘을 가득 메운다. 작은 v자 행렬은 핵가족이다. 1인 가구. 나 홀로 떠나는 아이도 있다. 사뭇 위풍당당하다. 이렇게 다양한 형태의 행렬로 너무 붐벼서 하늘의 교통체증이 심각하다. 교통사고가 나서 날다 떨어지는 새들이 있을 리는…. 없다. 하늘의 교통체증이란 말은 새들이 많음을 표현한 과장법이다. 그러고 보니 V자 행렬도 과장법이다. 실제는 점선 V이니까. 꼬리에 꼬리를 물고 간단다. 실제로 물지는 않는다. 그렇게 보인다는 과장법이다. 새들이 꼬리에 꼬리를 물고 날아가는 진기명기한 장관을 실제로 보게 되면 좋으련만.

그래. 여름이 가고 가을이 오고 있구나. 서두르자. 오늘은 송별식과 환영식이 동시에 열리는 대환장 파티의 날이다. 떠나는 이는 2022년 여름이고 오는 이는 2022년 가을이다. 모임의 참석자는 허당이 주관하고, 여름내 아팠던 아야와 분위기메이커 헤롱, 존재감 없던 과묵, 그리고 새 친구 생생이 초대되었다. 절대 혼자가 아니다. 시간은 저녁 7시, 장소는 방구석이다. 방구석이 빈틈없이 와글와글하다.

이렇게라도 일부러 자리를 만들어, 오고 가는 계절의 손 바뀜을 굳이 선언하고 느끼고 한 계절을 매듭짓고 결산하고, 시절을 함께하는 친구들과 오붓한 시간의 의식을 가지려 함은 단순히 이슬 한잔하고픈 마음에 냉큼 덜컹 한잔하는 것과는 차원이 완전 다르다. 전혀 다르다. (하여간, 별의별 핑계의 끝판왕이다) 식순도 짜여있다. 제법 알차다. 올여름 MVP 선정과 시상도 있었다. 올여름 MVP는 당연히 '아야' 다. 고생 많았다. 아야야. 파티는 장엄하게 시작하여 다 함께 춤을 추며 여흥으로 무르익는다.

파티는 원활히 끝나고 이제 모두 함께 떠나는 여행의 시간이다. 고급 뷔페 전문 식당의 역할을 다한 방구석은 이제 민간 여객항공기 조종실의 역할로 넘어간다. 파일럿은 허당. 6평 정도 되는 이 한 칸짜리 빙구석은 식당에서 술집으로, 독서과 글쓰기 작업실로 또는 에어로빅댄스 연습실로, 비행기 조종실로 순식간에 변환할 수 있다. 오로지 허당 맘대로다.

이른바, 방구석 조종실이다. 다양한 탈바꿈을 총괄하는 사령탑은 역시 허당. 혼자서 다 해 먹는다. 베테랑 파일럿 허당은 기수를 북서쪽으로 튼다. 유럽 쪽이다.

지중해를 보고 싶었다. 정확히 말하자면 지중해의 햇살이 보고 싶었다. 수많은 책이나 글에서, 책이나 글보다 더 수많은 작가가 그리도 찬양하고 선망하는 지중해의 오렌지빛 햇살이 너무도 보고 싶었다. 도대체 어떤 햇살이기에 그 동네 사람들은 한없이 낙천적이며 한가로이 여유롭고, 그 동네 작가들은 또는 그 동네를 다녀온 작가들은 어찌 그리 환상적인 문장을 그 햇살 속에서 길어 올린단 말인가. 부러운 게 별로 없던 허당도 지중해 햇살만큼은 가슴속 품은 로망으로 선망해 왔다.

얼마나 멋진 햇살이었으면 '황금'이란 타이틀까지 붙여, '지중해의 황금 햇살'인가. 그 황금의 은혜를 온몸으로 온 마음으로 받아 보고 싶다만, 허당은 곤히 잠든 친구들을 바라보고는 다시 기수를 대한민국 방구석으로 유턴한다.

어차피 가봐야 상상 속의 지중해, 상상 속의 햇살일 뿐.
애들아. 우리에게는 우리 나름의 햇살이 있단다.
또렷한 햇살이 있단다.
동네 공원에서 골목에서 언제나 친구처럼 마주하는 햇살.
방구석 서향, 남향 두 개의 창으로 스며드는, 모자람 없이 넉넉하고 다정한 햇살.
실제로 맞이하는 생생한 햇살. 그 새벽과 오후.
가을의 햇살이 있으니

곧 가을이려니

이제 곧 우리에게도 황금 햇살의 성수기다.

지중해만 황금 햇살이냐? 그럴 리 없다.

시선이, 관찰이 또렷하면 동네 햇살도 오렌지 빛 황금이다.

계절이 오고 가듯이 내 마음도 오고 가겠지. 여름에 온 마음이 다시 희망이라면 가을에 올 마음은 무엇일까? 혹여나 이런저런 마음의 아픈 구석, 개운치 않은 찌꺼기가 남아있다면 버리고 청소하고 먼저 비워야 할 일이다. 몸과 마음이 어찌 따로겠는가? 아팠던 몸만큼 마음도 아주 힘들었겠지. 드러내지 않고 있던 건 어쩌면 마음의 몸살 아니었을까? 계절의 간절기에 겪는 몸살처럼. 감기처럼 말이다.

쓰는 일. 안 해오던 일을 하려니 때론 스스로가 당황스럽고 산란스러운 건, 어쩌면 당연한 마음의 파동과 변화된 에너지의 진폭, 그리고 낯선 나와의 만남이겠다. 줄곧 아프다던 아야 만 탓할 일이 아니다. 찬찬히 들여다보자. 이 생경한 마음을.

쓸어 담아 버릴 건 버리고 비울 건 비우자. 새로운 마음을 들여야 하니까. 새로운 햇살을 받아야 하니까. 방구석은 다시 활기를 띠니. 대청소에 남이다 이 방구석의 새로운 탈바꿈이 기다려진다.

가을아. 가을 햇살아.

어서 오너라.

연어처럼 글쓰기
내가 나를 열광하자

"뭔가에 꽂히다." 사람이든 사물이든 특정한 무언가의 매력에 빠져 헤어나지 못함을 의미하겠다.

특정한 무엇에 꽂힘을 그리 인정하지 않아 왔다. 세상이 이리 넓고 깊은데 어찌 특정 사람이나 사물에만 열광하고 선호할 수 있겠는가 자부하던 나도 빡 꽂혀 헤어 나오지 못하는 게 있다. 내가 꽂힌 것. 내가 열광하고 빠져서 헤어 나오지 못하는 건 어떤 것이 있을까? 그런 걸 애기해 보자.

술은 이슬. 40년 지기다. 차는 SM5. 25년 친구다. 주행거리 40만 킬로를 자랑한다. (예명: 록키). 구두는 노브랜드. 10년도 넘었다. 한복은 주단포목 이화. 평생 간다. 한복집 아들로서 당연하다. 음악 프로그램은 복면가왕. 가수는 윤도현. 걸그룹은 핑클. 드라마는 나의 아저씨. 장군은 이순신. 작가는 김훈. 커피는 아이스 아메리카노. 도서관은 꿈벗 도서관. 글쓰기 모임은 라라크루. 축구선수는 치달의 대명사 차두리. 이런 식이다. 뭔가 빠졌다. 그렇지. 안주다. 요건 최근 변화가 있다. 이슬과 함께 한 40년 중, 35년을 함께한 광어를 슬쩍 뒤로 미루고 최근 빠져서 '허우적허우적'은 연어다. 오호호. 그 영롱한 주황빛이여. 빛의 영광이여.

　장면을 바꿔보자. 인천 중구 신포동 구석에 소재하는 술집. 가게 이름은 <물고기>. 직관적 이름이 마음에 든다. 겉모습은 다 쓰러져 가는 옛날 집 모습처럼 어수룩하다. 그 모습이 나랑 닮아 무척이나 정겹다. 가게 안으로 들어가 보자. 외부와는 다르게 내부는 완전히 다른 분위기다. 외관을 보면 늙다리 아저씨들이나 와글와글할 듯한데, 앗? 2030 젊은이들이 가득가득하다. 아저씨는 언제나 거의 나 홀로이지만, 자주 가다 보니 사장님이나 젊은이들이 그렇게 눈치 주진 않는다. 최강 동안 덕분이다. 그리 고급스러운 인테리어는 아니지만, 잔잔히 흐르는 음악이 한몫 제대로 한다. 재즈다. 음악이 공간의 품격을 한층 끌어올린다. 재즈를 아는가? 모른다. 그래도 기분이 째지면 그게 재즈가 아니고 무엇이란 말이냐.

　이 집에서 연어를 만났고 연어와 나는 매번 새로운 밀월여행을 떠난다. 이슬도 품고 재즈라는 훈풍을 달았으니 그 여행은 가히 낭만씩이나. 거기 막혀 급매스다 그만 홀딱 반해버렸다. 연어에게.
　감칠맛, 여운 깊은 맛도 맛이지만, 한 점의 회에 그득히 담긴 선도 있다. 한없이 빠져드는 이 아이의 거침없는 생동력이다. 흐르는 강물을 거꾸로 거슬러 치고 올라가는 끝없는 분투. 온몸과 마음을 비트는 치열한 펄떡임. 물살의 힘. 그 자연의 물리력조차 거스르려는 한 생명체의 존엄한 차오름. 그것이 비록 본능일지라도 어찌 한 톨의 의지 없이 가능할 것인가. 본능의 맥시멈을 넘어서고 박차를 가하는 건 결국 연어의 의지다. 그저 바닥에 널브러짐이 본능이고 눈만 깜빡이는 것이 광어의 의지라면, 이 둘의 차이는 그 매력의 차이는 너무도 명백하다. 광어를 생각하면 그런 다이내믹이 없다. (광어야 미안해)

내가 연어에 빠져서 오래도록 헤어 나오지 못하는 이유다. (광어야 미안해)

생각을 더 이어보자.

끝없는 무기력과 가득한 한숨으로
더 이상 바닥에만 엎어진 듯 뒤집힌 듯 누워있고 싶지 않았다
횟집 수족관의 광어처럼 그렇게 누워
언제까지 눈만 껌벅이고 숨 막히는 숨만 쉬려는가
내가 지금 할 수 있는 걸 하자

내가 낼 수 있는 한 톨의 의지
한 톨 한 톨 차오르다 어느덧 넘쳐흐를 투지
온몸과 마음을 다해 비틀고 일으켜
늪 같은 방바닥을 딛고 숨 막히는 집구석을 거꾸로 차고 오르자

막막한 천장과 스스로 쌓아 올린 벽과 담

이를 뚫고 가는 치열 또는 비상
그래 그 말이 있었지 그런 노래가 있었지
임재범의 노래처럼 당당히 내 꿈을 일으키자 주르륵 펼쳐 보이자
겁먹지 말자 까짓것 아프면 또 얼마나 아프겠냐
엎어지면 또 어떠냐
더는 잃을 게 없는 자는 두려울 게 없다

어떤 현실에는, 열어젖힌 세상에는 거친 물살만 있는 건 아니다
눈부신 햇살 또한 함께하리라
눈물겨운 바람 한 줄기 또한 나를 둥실 띄우리라

펄떡이는 한 줄의 문장을 쓰자
연어처럼

돌이켜보니, 감동과 열광. 그 시간 속의 주인공은 모두 타인이
었고 외부로부터의 시간이었고 무엇인가 이었고 상황이었다. 도
대체 나는 나로 인해 언제 열광하는가? 그런 역사가 있기나 했는
가? 이제, 애쓰는 나에게 열광하자. 어설픈 자아도취가 아닌, 외
부에서만 짓쳐 깨비; 그런 열광이 아니, 어떻게든 차오르려고
어떻게든 일어서려고 애쓰는 자신에게 아낌없는 찬사를 보내는
꽃힘이라면 그 열광은 근사하지 않겠는가. 내 인생 드라마에 평
생을 변치 않을 유일무이한 팬이지 않겠는가.

내가 나를 열광하자 뜨겁게.
정답 없는 인생이지만 언제나 답은 내 안에 있다.
그리 믿는다.

겨울에도 좋을 냉면
어쨌거나 쓰는 자

"똑똑" "누구세요?" 방문을 열어보니 번 아웃이 서 있다. 그랬구나. 어쩐지.

"혼자 온 거야?" 내가 묻자, "아니…. 그게 말이지" 번 아웃 뒤에서 무기력이 뒤통수를 긁으며 고개를 내민다. "그래. 그럼 그렇지. 너희들은 늘 함께 다니더라."

일요일 오전 열한 시. 방문턱을 경계로 첨예한 대치를 펼치다가 소년은 옷가지를 챙겨 입는다. "아이고 아이고 어휴 끙끙" 이건 몸의 소리다. 입에서 나오는 소리라고 하기엔 너무 깊고, 연기라고 하기엔 너무 자연스럽다. 밖을 나선다. 공원에 오르려나? 공원을 지나쳐 홍예문 쪽으로 내려간다. 소방서가 보인다. 도서관에 가려나? 어? 우회전해야 하는데 좌회전한다. 어디 가는 거지?

"철컹철컹" 쇠끼리 부딪치는 치열한 마찰음이 시끄럽다. 화평철교가 보인다. 서울의 한강철교처럼 웅장하고 근사한 철교는 아니고 그냥 조그만 굴다리 철교다. 인천역과 동인천역 사이에 위치한 냉면 골목. 동인천역 4번 출구로 나와 화평철교 지나면 바로 보인다. 수십 년 전통의 냉면집 <할머니냉면>. 세숫대야 냉면으로 유명하다. <일미냉면> <아저씨 냉면> <왔다 냉면>이 옹기종기 오순도순 모여 있다. 옛날에는 정말 냉면으로 세수해도 될 만큼 엄청난 양으로 승부하던 식당들이다.

매해 여름마다 대여섯 번은 오는 식당이지만, 이렇게 번 아웃과 무기력에 빠졌을 때도 찾는 단골식당이다. 힐링 푸드? 소울 푸드라고 하나? 마음 시끄러울 때는 계절과 상관없이 맵고 시원한 냉면이 특효약이다. 한 그릇 포장하여 까만 봉지에 담아 식당을 나서는데 "콰아아아 철컹철컹" 기차가 지나간다. 자유공원 넘어 방구석에서 들으면 "쿠오오오 두구둥 두구둥" 정도로 아련히 낭만 가득한데, 가까이 들으니 소란하고 시끄러운 게 딱 내 마음 같다. 이제는 이렇게 제 마음도 자세히 듣고 상태도 알아차리고 스스로 해법을 찾아 처방하는 저 자신이 슬쩍 기특해 보인다.

방구석에서 냉면으로 세수하고 육수로 샤워하니 속이 뻥 뚫린다. 정신이 쨍하다. 시끄러운 마음 가라앉으니, 온몸과 마음으로 활기가 돈다. "으라차차. 차차. 차~!" 몸의 소리가 저절로 방구석에 메아리친다. 번 아웃과 무기력이 그제야 슬그머니 물러선다.

"좀 쉬엄쉬엄해. 너무 안달복달하지 말고. 너답지 않게 왜 그래? 알겠지?"

"알겠어. 그러마. 이제 몸도 추슬렀고 추위도 그만그만하니 걱정 말고 어서들 가. 자꾸 오지 말고."

한번 왔다 하면 서너 달, 길게는 육 개월 이상을 머물던 무기력 아이들이 어리둥절 한다.

"아니, 이렇게 빨리? 보름 만에?"

예전에는 그랬지만 이제는 아니다.

마음 구석 들여다보고 알아차리는 자.

안 보이는 바닥도 차고 일어서는 자.

나이 들어도 일할 수 있기에

달빛에도 걸을 수 있고 춤출 수 있기에

앉으나 서나 읽을 수 있기에

그리면서 그리워할 수 있기에

매일매일 감사하는 자.

나는야 어쨌거나 쓰는 자.

문학 열차 다시 출발합니다.

쿠오오오 두구둥 두구둥

오샨 내 끄 슬기 슬구 올리

천천히 잔잔히

쉬엄쉬엄 툭툭

고요한

여행

잃어버린 40년

늦어도 괜찮아

저 유학 갑니다.

큰맘 먹고 갑니다. 영국으로요.

공부하고 싶은 게 있었거든요.

학업에 몇 년이 걸릴지 지금은 모릅니다.

오래 걸릴듯한데 시간이 많이 흘러도 저를 잊지 말아 주세요.

공부하러 갈 학교 이름은

.

.

.

호그와트 마법학교.

이런 유머가 통하던 시절이 있었다. 해리포터가 세상에 나오긴 했지만, 완전히 뜨기 전의 시절에 이 소식을 접한 친구들은, 많이 보고 싶을 거라는 둥, 벌써 그립다는 둥, 유학 기간 못 볼 친구의 부재를 무척이나 아쉬워하며 문자를 보내온다. 순수 절정의 인간들이다. 이 통보가 단순 유머라는 사실을 알고 난후에 허탈해하거나 괘씸한 녀석 하면서도 다시 만날 생각에 반갑고 고맙다는 순진 폭발의 인간들이다. 아무튼, 유머로 한번 웃고 넘어간 지난 날의 시간이 있었고, 그런 따뜻한 친구들이 있었다.

이제 엄연한 fact를 이야기할 때다. 절대 유머가 아니다. 절대 픽션이 아니다. 나는 진실만을 말하고 싶거나 말하는 자. 쓰는 자이니까.

대학생이 되었다. 사이버대학이지만 엄연한 대학이다. 나이가 예순이지만 엄연한 대학생이다. 메타버스 캠퍼스이지만 신입생 OT도 있고 수강 신청도 하고 교수님도 학우들도 만난단다. 엄연한 캠퍼스다. (딱하나 아쉬운 점이 있긴 하다. 현실 속에서처럼 과팅이나 소개팅이나 이런 것도 있으면 좋으련만…) 어쨌거나 대학생이 되었다. 세종 사이버대 문예창작학과 (편입) 3학년이 된 것이다.

건조한 문장으로 시작했지만, 닥쳐온 현실은 설렘 그 자체다. 40년 만의 캠퍼스라니, 40년 만에 대학생이라니. 당장 두 가지 마음이 교차한다. 입가의 미소는 떠날 줄 모르고 발그레 발그레 설레는 마음 하나. 바쁘고 정신없는 일상에서 제대로 학업을 쫓아낼 수 있을까 두려운 마음 하나. 이렇게 극과 극을 달리는 마음이 들 때는 편안한 자리에 앉아 커피 한잔하면서 차분히 마음의 소리를 들어야 한다. 그 소리는 40년 전 스무 살 꽃다운 청춘의 시절에서 들려온다.

대입 학력고사를 엉망으로 망치고, 허무에 빠진다. 점수에 맞춰 그 시절 대부분의 청년들이 선택하는 공대에 지원한다. 학과는 응용물리학이다. 물리를 좋아하는가? 설마 그럴 리가. 그저 물리도 복잡할 텐데 이걸 응용한다니 관심 폭발인 건가? 그럴 리가. 그저, 과 이름이 제법 고상한걸? 하고 내린 참으로 어이없는 결정이다. 그렇게 공대생 물리학도의 길로 들어선다. 엔지니어로 사회생활을 시작했고, 산업일꾼의 한 사람으로서 이 나라에 미세먼지 한 톨 만큼 이바지한다. 그렇게 흘러간 세월은 무려 40년. 이웃 나라 일본의 그 잃어버린 40년이 아니다. 오로지 한 개인의 40년 그 세월을 의미하지만, 꼭 한 개인의 시간만이라고 말할 수 없다. 베이비 부머 세대인 또래 대부분이 개인의 성향이나 선호보다는 대다수가 걸어가는 한 방향의 선택을 할 수밖에 없던 시절이 있었으니까. 문과는 소수고 이과는 대다수다. 소수는 배고프니 어디 가서 밥 굶지 않으려면 선택의 고민은 없다. 공대다.

　그 40년을 이렇게 정리해 본다.

-

　개인은 없고 선택도 없다. 우리는 민족중흥의 역사를 띠고 이 땅에 태어났고 경제개발 5개년 계획 속에 잘도 돌아가는 미싱의 그저 그런 부품으로 살아왔다. 먼 길 돌아와 거울 앞에선 우리는 개인의 얼굴도 없고 무늬도 없다. 이제는 낡고 고장 난 부품이지만, 그 시절 우리가 흘렸던 땀방울을 국가는 또는 역사는 무어라 평가할 것인가. 사실 이제 그따위 평가에는 관심조차 없다. 이제라도 나만의 무늬를 그리고 만들고 칠하고 채우기 시작했으니 그럼 된 거다 믿는다. 그러기에도 바쁜 나날이니 그러면 족하다 웃는다.

나에게 글쓰기는 그 새로움의 가열찬 원동력이니, 때로는 뻔뻔하면서 귀엽다거나, 독특하며 희한하다는 글 벗들의 평가는 사뭇 설렌다. 쓰는 모든 과정이 내 얼굴과 내 무늬를 찾아가는 여정일 테니 그 여정은 다양한 스펙트럼의 빛을 발하리라. 그 빛은 화려하거나 찬란하지 않아도 괜찮다. 나만의 얼굴이고 나만의 무늬가 될 테니.

배움이란 무엇일까? 생각을 더 해본다. 그저 먹고사니즘을 위한 생계형 배움도 있겠고, 정말로 하고 싶고 알고 싶어 하는 배움도 있겠다. 두 가지 모두 배움이겠으나 하나는 수동이고 하나는 능동이다. 이제라도 능동의 배움을 선택한 이유는 국문과나 문예창작학과에 대한 로망의 실현과 정제된 글쓰기를 해보고 싶고 이제라도 나만의 무늬를 짜보려는 애잔함 때문이다. 나를 찾아가는 여정이겠다. 좋아한다면, 알고 싶다면, 당연히 배우고 싶은 분야로 몸을 틀고 자세의 방향을 잡고 마음 기울이다, 어느 훗날 넉넉한 미소 지으며 흐뭇하게 가야 하지 않겠는가.

한 가지 질문이 더 남아있다. 나의 40년은 모두 홀랑 잃어버린 또는 날려버린 시간일까? 동영상 편집할 때처럼 중간 40년을 싹 둑 자르기 해버리고 20대와 60대의 바로 이어 붙이면 근사하고 멋진 파노라마가 펼칠 것인가? 그럴 리 없다. 엎어지고 넘어지고 울고불고 달려온 40년은 나름대로 자양분이 되어 어떤 무늬로든 나를 직조할 것이리라 믿는다. 그 모든 무늬가 나만의 주름살처럼 글의 주름과 문장의 밭고랑을 만들어 내리라 믿는다. 그리 믿어야지 뭐 별 뾰족한 수가 있겠는가. 지나간 시간을 누구에게 물어달라고, 돌려달라고 떼쓸 수는 없으니.

빈 커피잔에 남은 마음은 이제 설렘도 두려움도 아니겠다. 그 길과 마음은 가야 할 길을 묵묵히 걷는 나그네의 길, 새로움을 찾아 떠나는 여행자의 마음이겠다. 신나게 떠나보자.

나만의 마법 주문을 외치면서.

"얄리얄라 얄라성 얄라리 얄라" (맞다. 아주 옛날 사람이다. 그렇지만 23학번 대학생이다.)

세상에 이런 일이

백 점짜리 아빠

100점 맞았다. 볼을 살짝 꼬집고 뺨을 톡톡 두드려 본다. 꿈인지 생시인지 확인한답시고 세게 비틀어 꼬집거나 뺨을 냅다 후려쳐 스스로 따귀를 날리는 건 88 올림픽 시절에나 어울린다. AI 최첨단을 달리는 이 봄에는 요렇게 살짝 과 톡톡. 소프트 터치가 제맛이다.

엔데믹 시대로 접어들자마자 온갖 메신저 창이 뜨겁다. 싱가포르에서 만나자, 일본은 어때, 두바이가 당신을 환영합니다. 온갖 오프라인 해외 전시회가 재개되며 고삐 풀린 바이어들은 난리가 났다. 샘플 오더, OEM 사업, 협력사업에 대한 논의로 정신없는 4월의 한복판은 태풍의 눈동자처럼 절대로 고요하지 않은 혼란 속이다. 얘들아, 반갑고 고맙다만 살살 좀 하자. 요즘 내 상황이 말이야. 뇌고나 맞춤법 검사의 미로에서 길을 잃었고, [내 글 별로 병]이라는 치명적인 중병에 시달리고 있으며, 글쓰기 모임 글도 써야 하고, 문장 공부도 밀려 있는데 학교는 아이고 이런 젠장 벌써 중간고사 기간이란다. 한마디로 정신머리 없는 시즌이란 소리다.

전쟁 통 같은 일상 중에 중간고사를 치렀다. 이 나이에 무슨 공부냐며 넋 놓고 한탄스러운 시간을 보내다가 시험 일자가 다가오니 진땀 절절 안절부절 팽팽한 긴장이 흐른다. 수많은 밤을 하얗게 지새우며, 노익장을 과시해 보자 다짐하며 공부에 매달렸지만, 팽팽 돌아가던 머리는 어데 가고, 깊은 한숨만 방구석 한가득 차오른다. 전혀 즐겁지 않다. 연필을 내려놓고 다시 내 마음을 들여다본다.

공부를 하고자 한 첫 마음으로 돌아가 보니, 지금 내가 젊고 똑똑한 학우들과 가당치도 않은 성적 경쟁을 해서 장학금 타고 뭐 그러려고 한 것은 분명 아니었지 않은가. 오로지 문학에 대한 애정과 사랑으로 문예창작학과의 문을 열어젖히고 새로운 꿈과 배움을 발견하자는 마음 아니었던가. 연필을 다시 든다. 마음을 내려놓고 다시 보니 다시 즐거워진다. 공부가, 문예사조가, 스탕달, 발자크가 귀엽다니, 시험이 즐겁다니, 학교 오프라인 캠퍼스에도 가보고 싶다는 둥…. 살다. 살다 별일도 다 있다. 하다 하다 정녕 실성한 것인가?

D-Day 시험일이다. 회사에 오후 휴가를 내고 집에 돌아와 목욕재계하고 노트북을 켠다. 시작이다. 시험은 그저 평소 실력으로 푸는 것. 자 풀어보자. 느긋하게. 아이고. 첫 문제부터 쫄깃하다. 갑자기 심장은 북 치듯 고동치고 의식은 자꾸 저 멀리 먼 나라 이웃 나라 수평선으로 날아가려 한다. 시계는 째깍거리며 종료 시간으로 나 잡아봐라 치닫는다. 시간에 쫓기다가 '이러다가

는 폭망이다' 정신이 번쩍 든다. 천정을 바라보며 나만의 필살기 복식호흡을 시도하며 평정심을 끌어당긴다. 쫄깃함, 덜덜 떨림, 안절부절, 어수선은 사라지고 다시 제정신 비슷한 의식은 돌아오고 어느덧 문제에 몰입해 있는 나를 발견한다. 몰입의 시간은 인식할 수 없다. 인식 저 너머의 시간이다. 아. 내 모습이지만 참으로 근사하다. 멋지다. 멋져. 이런 모습 참으로 얼마 만인가. 그래 그럼 된 거다. 시험 종료 버튼을 누르고 깔끔하게 퇴장한다.

D+1 시험 다음날이다. 시험결과 점수를 확인하고는 또다시 심장이 쿵쾅거린다. 100점이라니. 세상에 이런 일이. 자꾸만 미소가 실실 새어 나오고 흥분이 철철 흐른다. 이 황홀경이란.

이것이, "교과서만 보고 공부했어요"라든가, "하루에 잠은 8시간 푹 잤답니다"라는 재수 없고 허세스러운 가상 인터뷰는 겸손히 뒤통수로 물려야 한다. 지금은 그저 배울 수 있음에 감사하고, 배운 걸 인식하고 기억하며 재밌어할 수 있음에 고마워야 할 일이다. 상처받은 뇌세포가 되살아나진 않았겠지만, 이웃 세포들이 그나마 열심히 애쓰고 있음에 감사 또 감사해야 할 일이다.

타인이나 세상에 호네크럭 긴구했던, 그렇기만 어제나 충족되지 않았던 갈증. 그런 결핍과 결여에 시달려 온 불만스러운 시절들, 이런저런 삶의 거대한 벽에 부딪혀 위축되었던 나날들. 어쩌면 잊고 있던 건, 내가 나에게 인정받고 싶었던 마음. 바로 그 마음 아니었나 싶다. 밖에서가 아닌 안으로부터의 인정. 세상과의 승부가 아니라 나와의 승부. 진정한 승부와 승자는 바로 내가 결정하는 일. 100점이 아니라면 어쩌랴. 과정에 진심을 다하고 기쁨을 느꼈다면 이미 난 승자다. 마음을 내려놓으니 학교 공부가 이제 좀 더 즐거워질 듯하다. 쩡한 배움이란 바로 즐거움 아니던가.

오늘은 초록 햇살 선명한 메타버스 잔디밭에서 막걸리라도 한 잔해야겠다. 과제 제출 한 과목이 남아있지만 이미 중간고사 시즌은 끝나간다. 당연한 역사와 전통에 따라, 잔디밭에 앉아 기타 치며 막걸리 한잔함이 시험 끝난 대학생의 낭만이고 특권이로다. 시험 끝난 학우들아. 모여라. 대동단결 강강술래 하며 한잔하자. 바이어들아 너희들도 와라. 대한민국의 제품은 상품만이 아니다. 최고의 걸작품은 바로 한국 사람이란다. 오늘은, 100점 맞은 내가 쏜다. 100점이 수십 명이라면 최고 연장자가 쏘기로 하고. 분명 나겠지?

이 소식을 아들과 딸에게 전한다. 백 점 만점에 백 점짜리 아빠란다. 작고 소소한 일이지만, 아빠의 어깨가 천정에 걸린다. 감사한 날이다. 고마운 날이다. 그런데 왜 자꾸 눈물이 나려 하지? 하여튼 주책도 100점이다. 이와 중에, 글 벗 (작가: 필립)의 문장이 생각난다.

"산다는 건 순간순간이 근심이고 이따금 버겁지만
드물게 행복한 기억으로 거뜬히 나아가는 것."

이상한 날의 포차

문예적 글쓰기란

이상한 날이다.

20대 여자 4명, 30대 남자 2명, 40대 남자 2명, 50대 남자 3명, 사장님 1명, 알바생 1명, 60대로 보이나 얼핏 보면 40대로 보이는 이상한 인간 1명 (혜롱이라 부르자). 토요일 오후 다섯 시 현재. 동네 포차 테이블별 인원 구성 현황이다. 총원 14명.

근처 넓은 공원에서는 벚꽃 축제가 한창이지만 이와는 관계없다는 듯, 좁은 포차 구성원들의 수다는 치열하고 뜨겁다. 압도적 포스, 엄청난 술꾼들이다. 초저녁 햇살은 창문 비스듬히 누워 가게를 데우고 있고, 냉장고에 붙어있는 동양화 속 백학 한 마리가 포차 인간들을 내려다본다.

손님이니. 혜롱 C 긴장한다 비 테이블우 단 하나. 다음 손님이 들이닥치면 사장님의 눈총을 받을 타깃 1호니까. 세상에나 매상에나 도움 안 되는 <혼술인>은 오로지 혜롱뿐이니까. 냉장고 백학만이 이 긴장을 알아봐 주는 듯하니 그나마 정겹다. 핸드폰에 시선을 고정하고 혜롱의 양쪽 귀는 모든 테이블에 잔뜩 집중한다. '도대체 무슨 이야기를 이다지도 치열하게 하는가' 궁금해하면서도 한편으론 의아하다. 이렇게 타인의 이야기를 궁금해한 적은 별로 없었기 때문이다. 아무리 소란스러운 전쟁 통, 시장 통이더라도 앞에 놓인 술잔과의 대화에만 집중하고, 오롯이 나만의 사색을 즐겨왔는데 오늘은 다르다. 혜롱은 변화가 일어나고 있음을 직감한다. 낯선 날이다.

삼성애니콜 vs 현대걸리버 무엇이 더 좋았냐. (50대 남성 3명은 옛날 친구들이 분명하다. 패스), 유격 훈련 vs 천리 행군 무엇이 더 힘들고 괴롭냐. (30대 남자 2명은 들으나 마나다. 군대 선임 후임 관계. 패스), 이번 거래에는 서로 이익이 없다는 40대 남자 2명은 낯이 두꺼운 거만 봐도 알겠다. (거래처 갑을 관계다. 패스), 오라버니 아르바이트생이 구워주는 돼지갈비가 제일 맛있다는 (사장님과 할아버지 오빠 아르바이트생의 훈훈한 덕담. 패스).
　10분 이내에 파악한 관계 예상은 30분 내내 들어봐도 얼추 들어맞는다. 마치 인디언 추장의 촉처럼 예리하다. 그렇다고 몸을 바짝 들이대며 두 손으로 턱 괴고 경청의 자세로 들어선 안 된다. 그건 초면에 실례이니, 그저 공중에 떠다니는 음성들을 노련한 어부가 척척 낚시질하듯 잡아채 끌어당길 뿐이다. 멀티 스테레오 음향의 다채로운 음역에서도 날렵하게 낚아내고 찰떡같이 알아챈다. 혼자 괜히 흐뭇해한다. 백학만이 눈치챈 듯, 조용히 따라 웃는다.

단 한 테이블, 20대 꽃처럼 어여쁜 청춘들의 관계 예상은 실패다. 최고의 음질, 최상의 높은음이지만 10초 단위로 넘나드는 토픽과 스토리의 맥락을 겨우겨우 이어 잡다가 그만 낚싯줄은 끊기고 일엽편주 전두엽은 풍랑을 만난다. 오늘의 유일한 실패다. 인디언 추장도 노련한 어부도 완벽할 수는 없다.

이때, 다음 손님 1인이 입장한다. 지팡이 보무도 당당한 70대 노장이시다. 뒤이어 50대 여성 3인조가 노장의 꼬리를 문다. 저들의 관계는 아버지와 세 딸인가? 작가와 독자들인가? 무척이나 궁금하지만, 슬슬 자리를 비워줘야 함은 단골의 예의다. 마시던 술은 남기지 말아야 함은 또한 술꾼의 기본이다. 예의와 기본에 충실한 자, 이상한 1인 헤롱은 남은 술을 한숨에 털어 넣는다. 냉기 당당한 이슬 덕에 뱃속은 물론, 뇌세포마저 알싸하다. 알싸한 뇌세포가 알려준다. 포차에는 뜨거운 일상과 삶의 역사가 사시사철 도도히 흐른다고. 게다가 오늘은 이상함을 경험했으니 충만한 날이라 말한다. 잠깐의 시간이었지만 쩽한 포차다.

자신에 대한 집중, 자기표현 글쓰기를 통한 자기 발견에 주로 에너지를 기울여 온 헤롱의 오늘은 이상하다. 타인의 이야기와 감정에 관심이 가고 오감과 촉각을 곤두세워 집중하는 이 변화는 어디서 온 걸까.

답은 바로 나온다. "자기 발견 글쓰기에서 문예적 글쓰기로 넘어가고, 사적 이야기에서 공적 이야기에 관심 두고 쓰게 되는 건 작가로서 당연한 발전단계이며 이를 자기표현 글쓰기에서 문예적 글쓰기로의 전환이라 한다." 수리수리 문장마법사 고수리 교수님의 조곤조곤한 말씀이 전두엽을 스친다. 이상한 오늘의 원천은 역시 배움이다. 늦은 나이지만 배움은 언제나 이렇게 신비롭다. 오호라. 내가 지금 제법 근사한 작가로서의 발걸음을 내딛고 있는 거로구나. 나도 모르게, 자연스럽게, 조금은 뻔뻔하게도.

나는 어떤 이야기를 쓰고 싶은 걸까? 나의 문예적 글쓰기로 세상에 어떤 글이 태어날까?

오늘은 이상하지만 설레는 날이다. (고맙습니다. 스승님)

도시 농부, 뇌물 받다.
키우고 쓰고 나누는 마음

삶은 의도된 우연의 연속이라 했던가?

동네 복지관에서 모집한 옥상 텃밭 도시농부 되기 프로젝트에 선정되었다. 얼떨결이다. 산책하던 길목 현수막에 선착순이라 쓰여 있기에 군대 시절 전투본능이 깨어나 냅다 뛰어 들어가 신청했는데 덜컥 당첨되었다. 어느 날 갑자기 농부가 되었다. 건강히 그을린 턱선, 파르라니 선명한 힘줄, 떡 벌어진 어깨 그리고 하트 알통 단단한 다리와 굵은 땀방울. 내가 생각하는 농부의 모습이다. 세상 넓은 지구촌에는 연로하신 농부와 어린 농부, 스마트 농부도 있겠으나 대지의 깊고 넓은 터전에서 오로지 억센 두 팔과 두 다리의 힘으로 흙을 쟁이고 고르고 씨앗을 심어 새 생명체를 탄생시키고 수확하는 이미지 측면에서는 원초적으로 건장한 사내가 우선 떠오른다. (편인견, 마다)

동물계, 식물계를 통틀어 뭐 하나 제대로 키워 본 적 없고, 신체 나이, 건강 나이 허술하기 짝이 없는 내가 농부가 된다고? 세상이 껄껄 웃고 하늘이 꺼이꺼이 웃다 엉엉 목 놓아 울 지경의 노릇이다. 무료와 선착순이 깨운 서민적, 군사적 본능을 뒤늦게 타박하지만 어쩌랴 닥친 일 겸손히 맞이해야지. 농부가 되기 위해 갖추어야 할 준비물은 무엇인가. 많은 사람이 등산에 앞서 온갖 패션 아이템과 짱짱한 지팡이, 근사한 배낭을 사 모으듯, 낚시에 앞서 현란한 찌와 낚싯대를 준비하듯, 나도 농사에 앞서 근사한 밀짚모자, 키 높이 장화, 날카로운 곡괭이와 번쩍이는 삽을 사야 할 텐데 이런 건 어디 가서 사야 하나? 다이소에 있을까? 당근 나눔을 클릭해 볼까? 이런 한심한 생각은 곧 쓸모없어져 버린다.

복지관의 젊은이들이 가로 1m, 세로 60cm, 높이 30cm 정도의 나무상자와 흙, 비료를 싣고 와 세팅해 준다. 피날레를 장식하는 건, 이 옥상 텃밭의 주인공이다. 역시나 마지막에 등장한다. 상추와 고추와 이름 모를 나머지 식용식물의 새싹들이 가지런히 제 무대에 착착 안착한다. 농사를 위한 대단한 중장비와 기구들은 하등에 필요 없겠다. 물 뿌릴 바가지 하나와 흙을 꼭꼭 눌러줄 손가락 두 개만 있으면 되겠다. 그리고 가장 중요한 건 농부의 마음. (농부의 마음은 어떤 마음일까? 그것이 알고 싶다)

하루에도 열두 번 무릎 구부리고 쪼그려 앉아 새싹에 혹여나 흙이라도 묻을까 애지중지이고, 동네 고양이들이 와서 뜯어 먹을까 G.O.P 철책 초병의 새파란 눈빛이 되살아난다. 하여튼 뭔가에 빠지면 '적당히'가 잘 안되는 성향을 이젠 그러려니 한다.

1차 수확의 날은 상상보다 빨리 찾아왔다. 열흘 만에 새싹 상추는 장군 상추가 되어있다. 떨리는 손으로 그 여린 상춧잎을 떼어낸다. 마음이 쓰리지만 그래도 해야 할 일이다. 상추 태생의 의미는 관상이 아니라 식용이라니까. 아. 드디어 상추가 나에게로 왔다. 총 열 장 수확의 날이다. 분배 계획을 짜본다. 일단, 한 지붕 네 가족부터. 아래층 주인 어머니 다섯 장. 옆방 어머니 다섯 장. 뒷방 아저씨는 방구석에 거의 안 들어오니 패스. 계획이 섰으니 바로 행동에 돌입한다. 다섯 장을 맨손으로 전해드리는 건 배운 자의 예의가 아니니, 밥공기에 담아 아래층으로 내려간다. 상추를 보시더니 주인 어머니께서 피식하고 웃으신다.

"이봐요 2층 아저씨, 나 요즘 왜 이리 힘이 없고 의욕도 없는지 모르겠다오. 하루 한 끼 해 먹기도 힘들고 설거지도 지치고…"로 시작된 주인 어머니의 이야기는 삼십 분이 훌쩍 넘어선다. 어머니의 삶의 역사와 자식들 걱정, 죽음에 대한 불안들이다. 새로 이사 온 아저씨의 농부행세에 못마땅해하며 눈칫밥 주시던 모습은 온데간데없어지고 당신의 하소연을 하염없이 쏟아내신다. 상추 다섯 장을 소담히 담은 밥공기를 두 손 고이 받쳐 들고 새색시처럼 말없이 앉아 이야기를 듣고 난 2층 아저씨는 이렇게 말씀드린다. "어머니, 일단 식사를 잘하셔야 기운 차리세요. 오늘부터 이렇게 해보세요. 하루 두 끼는 꼭 먹자. 설거짓거리 안 생기게 반찬은 영양가 있는 반찬으로 몇 가지만 차리시고. 종일 혼자 방에만 계시니 새벽에 저와 공원 산책하러 나가기. 어때요. 걱정거리다 내려놓으시고요. 다른 무엇보다 마음이 편해야 건강한 삶이라 하잖아요? 제가 농사 더 잘 지어서 다음 2차 수확 때는 삼겹살도 구워 올게요. 일단 잘 드셔야 합니다." 주인 어머니의 피식 웃음이 함박웃음으로 바뀌는 순간이다. 하여튼, 평소엔 과묵 9단이지만 말문이 트였다 하면 청산유수다.

다음은 2층 옆방 어머니. "똑.똑.똑" 장군 상추 다섯 장담은 국 공기를 앞세우며 "어머니, 이것 좀 드세요." 역시 픽 웃으신다. "아이고, 그걸 뭘 주세요. 아저씨 드셔야죠." 손사래 치시는 허공의 얇은 빈틈에 국 공기를 잽싸게 요리조리 드리블하여 안겨드린다. 이사 온 지 며칠 안 돼서 서로 서먹하고 어색했던 집안 분위기는 다음날부터 완전히 새로운 국면에 돌입한다. 주인 어머니는 반찬(무말랭이를 고추장에 버무린. 정확한 이름은 모름)을, 옆방 어머니는 쓰레기봉투 새것 몇 장을 문손잡이에 걸어 놓으셨다. 이 사연을 지혜의 여신님 (어머니)께 보고했더니 즉석에서 뚝딱 잡채를 만드시고는 "두 어르신께 갖다 드려라. 감사 인사 전하고." 잡채를 로켓 배송한 다음 날, 문제의 사달이 일어났다. 옆방 어머니께서 급기야 '뇌물' (조리 김, 상품명이 '뇌물')을 건네주신다. 아…. 이걸 받아야 하나 말아야 하나. 철컹철컹이 염려된다.

세 통으로 된 당당한 뇌물 김을 너무 밝은 한낮에 받아 들고는 가만히 생각해 본다. '작은 상추 몇 장일 뿐인데, 한 어머니 삶의 역사와 또 한 분의 정 깊은 뇌물이 내 삶에 어느 날 불쑥 들어왔으니, 이것이 의도된 우연의 연속이라면 이 또한 삶 이런가?' 작은 것의 나눔일지라도 오고 가는 것은 작지 않다. 굴곡진 인생사와 고소하고 정다운 향기. 의도하든 의도치 않든 어쩌면 이런 우연의 연속극은 오래전에 보았던 <한 지붕 세 가족> 그것처럼, 재미난 인생 드라마와 닮아있다. 이사 오길 잘했다. 이게 바로 사람 사는 맛. 이웃 간의 정 아니겠는가.

뭔가를 심고 키우고 틔우고 살찌워 수확하고 나누는 농부의 마음. 단어를 생각하고 씨줄 날줄 직조하여 끄적이고 지우고 다시 쓰고 쌓아 올려 제법 그럴듯한 문장을 만들고 글을 지어 독자와 나누는 작가의 마음. 좀 억지가 춘향이지만, 농부와 작가의 마음이 아마도 비슷한 마음일 거라고 당당히 우겨본다. 농부와 작가는 아마도 가까운 사촌지간일지도 모른다고 박박 주장한다. 난 건장한(?) 도시농부이자, 쓰는 자이니까. 내가 농사지은 글 들은, 어떤 우연 속에 어떤 인생 드라마나 삶의 대본을 쓸지 몹시도 궁금하다. 이왕이면 기가 막히고, 현란하여 드라마틱한 글들이 탄생하여 이 땅의 수많은 독자가 열광하거나 문학계 출판계 서점계를 발칵 뒤집어 놓을 역작은 무슨. 그저….

비 오는 어느 저적한 날이나 선선한 어느 산책길에서
괜히 쓸쓸하거나 어쩌다 신나는 어느 방구석에서
갑자기 눈가 붉어지는 어느 일터에서
애인과 헤어져 먹먹하거나 약속이 틀어져 혼자된 어느 카페에서
켜켜이 먼지 쌓인 도서관 어느 책상 앞에서

늦은 오후 햇살 가득한 퇴근길 버스 안 누군가의 여행길에서 살짝 입꼬리 미소 짓거나 끌끌 혀를 발로 차거나 하면서도 상큼하거나 맛나고 토닥이거나 정겹게 독자들에게 읽히게 될 글이면 좋겠다.

글맛 잃은 누군가에게, 새싹 상추같이 작더라도 맛나게 글맛 돋우는 글을 쓰고 싶다.
지쳐 있는 누군가에게, 반딧불이 같이 작더라도 힘이 되어 주는 그런 글을 쓰고 싶다.

어디 보자.
저리 내다보자.
옥상 텃밭에 상추가 쑥쑥 자라는지.
컴퓨터 화면 밭에 단어와 문장이 깊고 넓게 익어 가는지.

전지적 옆방 어머니 시점

괜히 웃긴 데 궁금한 아저씨

한 달 전쯤이다. 누군가 이사 오나 보다. 창틀 넘어 살짝 보니 웬 이상한 아저씨다. 몇 년간 옆방이 비어서 적적했는데 누군가 온다니 다행이다. 이왕이면 잘생긴 아저씨가 왔으면 좋으련만….
이번에도 아닌 듯싶다.

주인집 아주머니 얘기론, 예순 살 아저씨라는데 얼핏 보면 사십 대 같고 낑낑거리며 짐을 나르면서도 실실 웃는 게 철부지 소년 같다. 이삿짐이라곤 궁색하니 그저 책만 보인다. 출판사에 다니나? 좀 이상한 아저씨다.

이십여 년 여기 사는 나도, 좀 무서워하는 주인집 아주머니의 서릿발 같은 눈칫밥을 극복하더니 이사 오자마자 옥상 텃밭을 일궈내곤 흐뭇해한다. 흠. 생각보다 강단이 있어 보인다. 제법인
네? 상추 나싯 생을 떼오미니 칫 수하이라며 나더러 먹으라다
뭐지? 이 허당스러운 귀여움이란? 어쨌거나 답례해야 하니, 김과 쓰레기봉투 몇 장을 문고리에 걸어 놨다. 어라? 참외 두 알을 들고 득달같이 달려온다. 고맙단다. 제법 사회생활도 잘 해온 듯싶다. 하기야 대충 봐도 직장인 나부랭이로 보인다.

뭘 먹고 사나 알고 싶진 않지만, 쓰레기봉투 내용물을 스캔해 보면 대충 파악된다. 어휴. 그럼 그렇지. 온통 일회용 용기 천지다. 저 굴러다니는 건 뭐지? 아휴. 역시구만. <핑크 빛깔 이즈백>이라니. 혼자 사는 아저씨가 대충 뭐 그렇겠지. 안 되겠다. 독거노인 한 명 구제해 보자. 오랜만에 실력 발휘해 보자. 카레를 한 대접 만들어 갖다줬더니 또 득달같이 달려온다. 또 참외 두 알이다. 참외 덕훈가? 카레 맛에 감동했는지 인도 카레냐, 인도 음식점을 하셨느냐 칭찬이랍시고 몇 마디 건넨다. 후훗. 내 음식솜씨에 감동 먹은 1인 추가요.

맑던 하늘에 먹구름 몰려오더니 와장창 비 온다. 빨래를 걷으러 나서보니 아이고 이 아저씨 수건이며 신발이며 건조대에 올려놓고 그냥 출근했구먼. 얼른 비를 피해 처마 밑으로 옮겨 논다. 어느 날엔 이불 빨아놓고 건조대에 대충 구겨 놓고 그냥 출근. 마당에 넓은 빨랫줄에 널어라 말했건만 굳이 자기 방문 앞 조그만 건조대에 대충 널어 논다. 이 무슨 똥고집이람. 아니면, 내 방문 앞 빨랫줄에 속옷이며 허름한 겉옷이며 널어놓기가 쑥스러운 건가? 나이는 먹을 만큼 먹고도 저러는 걸 보니 I가 분명하다. E는 아닐 터. 이불을 쫙 펴서 빨랫줄에 넓게 널어 논다. 날이 좋으니 금방 마르겠지.

똑.똑.똑. 옆방 아저씨다. 헛. 이번엔 뭔가 다른 걸 들고 왔다. 상추 몇 장과 설레임 아이스크림이다. 빨래 구해줘서 고맙단다. 날씨 더운데 시원하게 드시란다. 드릴 게 맨 날 참외뿐이라 이번엔 '새로움'을 생각해 봤단다. 빨래를 구해줘? 새로운 설레임? 이 아저씨 말하는 거, 표현력 좀 보소. 희한한 아저씨임에 틀림없다.

그나저나 오랜만에 동네 경로당에 가보니 이 아저씨의 정보가 슬슬 돌아다닌다. 공원 에어로빅 아저씨로 유명하단다. 어쩐지 새벽마다 달그락거리고 나가더라니. 글도 쓴다더라. 출간 작가는 아니지만 새벽을 거닐고 문장을 노니는 문학소년 이란다. 뭔 소린지 모르겠다. 사이버 학교도 다니는 대학생이란다. 어쩐지 새벽마다 불 밝혀 조곤조곤 들리는 소리가 인터넷 사이버 강의였구나. 깊은 한숨 소리와 콩콩 머리를 쥐어박는 소리가 이제야 이해된다. 늘그막에 왜 저러는 건지 모르겠다. 나중에 좀 더 친해지면 꼭 물어봐야겠다. 왜 저러는지.

누군가와 통화를 한다. 목소리는 꿀이 뚝뚝. 눈동자는 하트 뽕뽕이다. 애인인가? 대충 추리해 보니 딸인가 보다. 학교에서 이번 학기 올 에이 플러스를 맞았단다. 딸의 성적 애길 하나 보다. 어라. 통화는 끝났는데 문 앞에 멍하니 우두커니 앉아 있다. 아니? 우나 보다. 눈 속에 비친 저 또르륵. 저것은 분명. 흔히 볼 수 없다는 사내의 눈물? 아니 저 인간 왜 저러는 거지? 점점 궁금해진다.

조용한 저녁이다. 오늘도 하루가 간다. 피곤하니 일찌감치 밥 해 먹고 얼른 자려는데 어디선가 기타 소리가 들린다. 딩가 딩가.

생 초보의 서툰 솜씨다. 안테나를 올리고 레이더를 켜서 소리의 출처를 추적해 낸다. 옆방이다. 하이고. 이 아저씨. 참 다채롭게 산다. 저 나이에 뭐가 저리 하고 싶은 게 많을까, 혼자서도 심심하진 않겠다.

그나저나, 내일부터는 나도 저 아저씨 따라 새벽 운동이나 가볼까? 관절도 아리고 허리도 쑤시니 이참에 에어로빅이라도 따라나서 해볼까? 늦었다고 생각할 때가 정말 늦은 때라고 박명수 옹이 말한 바 있지만 웃자고 하는 얘길 테고, 늘 바쁜 저 아저씨 따라, 나도 뭔가 해보고 배워볼까? 일상이 심심하진 않을 것 같은데? 이따 퇴근해 오면 슬쩍 물어봐야겠다. 복지관 꼿꼿이 강좌에 인터넷으로 어떻게 신청하는지도 물어볼 겸.

세상 조용한 절간 같던 한 지붕 네 가족 이 집구석에, 혼자 유난스레 부산스러운 저 아저씨 덕분에 뭔가 생기가 흐른다. 공기의 흐름이 달라졌다. 저 아저씨 별명이 '80년대 이승기'란다.

뭔 소린지 모르겠지만 괜히 웃기다.

희한하고 이상하지만, 자꾸 궁금해진다.
옆방 아저씨.

전지적 승아 시점
'오삼촌 할아버지'는 쓰는 자

내 이름은 <승아>다. 봄을 봄이라 부르고, 가을을 가을이라 부르듯, 나를 <승아>라 부름은 마땅하다. 아빠 이름에서 한 글자, 엄마 이름에서 한 글자씩 따왔으니 승아를 승아라 부름은 당연하다. 난 엊그제 백일 지나 이제 사 개월 갓 넘긴 아가 아가 갓 난 아가다.

새벽부터 엄마, 아빠는 분주하다. 예쁜 핑크 머리띠 해주시더니 베이비 시트에 앉혀 차를 몰아 인천 송도 할머니 댁으로 간단다. 설날 명절이니 세배드려야 한단다. 설날 명절도 세배도 뭔지 모르지만, 엄마 아빠가 즐거우니 나도 신난다.

증조할머니를 선두로 온 가족이 송도로 속속 집결한다. 군사작전을 방불케 하듯 긴급통신망이 가동되고, 사과 박스나 한라봉 박스, 온갖 먹거리 이고 지고 전국 팔도에서 씩씩하게 모여든다. 그동안 몇 번 만나 낯익은 가족도 있지만 오늘 처음 본 식구들도 있다. 생김새가 동글동글 비슷비슷한 걸 보니 이런 사람들의 모임을 가족이라 하나 보다. 세배 올리고 세뱃돈이라는 종이도 오고 간다. 웃음과 덕담 속에 단 한 사람 당황해하는 인간이 눈에 띈다. 오래도록 집안에 어린이가 없어 세뱃돈 준비를 못했다는데 핑계 같고, 좀 가난한가 보다. 자신을 오삼촌 할아버지라 소개하며 내 눈을 한참이나 쳐다본다. 나에게 할아버지가 분명한데, 새벽을 거닐고 문장을 노니는 문학소년 이란다. 뭔 소린지 모르겠다. 좀 특이하고 재미난 인간이다. 쓰는 자라서 가난한 건가? 가난하니 쓰기라도 하는 건가? 이 또한 모를 일이다.

날 만나려고, 초 새벽에 일어나 맑은 정신에 산책하고 맑은 물에 목욕재계하고 왔단다. 마스크를 계속 쓰고 있던 요 할아버지는 나를 안아보고 싶은데 안지는 못하고 안절부절못한다. 어서 날 안아보시라. 몇 번을 눈짓하고 애교 넘치는 옹알이를 해봐도 이 인간, 내 엉덩이만 토닥이고 손가락 발가락만 그저 하염없이 만지작거린다. 허허 뭘 그리 망설이시나. 어서 안아 보시라니까. 갓 난 내가 대충 봐도 순둥하고 소박하며 동네 아저씨 풍모 가득한 INFJ가 분명하다.

감기 기운 때문에 혹여나 아가에게 옮길까 봐, 승아를 안지 못하겠다 하면서도 내 곁을 맴맴 돌며 어찌할 줄 모른다. 그저 내 등 언저리를 자꾸 만지길래, 뭐해요? 그랬더니 날개를 찾는단다. "하이고, 승아야. 넌 어느 별에서 왔니?" 이런다. 내가 아름다운 동쪽별에서 온 천사란 걸 알아차리다니…. 어수룩한 허당 스타일 할아버지인데 제법 관찰력도 있고 상상력도 제법이다. <쓰는 자>라더니 자유로운 영혼임이 틀림없다 틀림없어.

이 할아버지가 궁금하다. 내가 태어난 이 가족, 이 땅 대한민국이 궁금하다. 명절이라고, 전국에서 몇 시간이고 비행기 타고 배 타고 KTX, 고속버스 타고 산 넘고 물 건너 기어코 모여드는 이 땅의 사람들이 궁금하다. 다음에 내가 말이 트이면 눈빛 형형한 문학소년 오삼촌 할아버지에게 꼭 물어봐야지. 가족이란 무엇인가. 까치설날 우리 설날, 사랑이란 무엇인가. 민족대이동이란 무언지 알려 달라고 해야지. 참, 아이돌이란 또 뭐지? 엄마 아빠한테 날 아이돌 시키라며 우리 집안에서도 <뉴진스> 같은 연예인 한번 만들어 보자며 껄껄껄 웃는다.

　아까 그 오삼촌 할아버지다. 하여튼, 좀 희한한 할아버지다.

　덕담과 맛있는 음식을 나눈다. 하하 호호 웃음이 끊이지 않는다. 이런 사랑 넘치는 가족이라니. 그렇구나. 이런 날을 설날이라 하나 보다.

　남녀노소 가리지 않고 온 식구들이 주방과 부엌에 와글와글하며 요리하고 나르고 설거지하면서도 동선이 겹치지 않고 일사불란함이 설날 맞춤형 초 정예 특공대 같다. 온 식구 대부분이 다양한 알바로 탄탄히 다져진 내공 고수, 알바 만렙들이라 그렇단다. 무슨 말인지 모르겠지만 제법 유쾌하고 격의 없는 집안 같다. 그 딩신 해ㅗ 비′ 긔〇 우리 엄마 좀 힘들어 보인다. 다음 명절부터는 설날 음식 간소화를 추진하자고 제안해야겠다. 왠지 저 할아버지는 내 말을 잘 들어줄 듯하다. 나한테 일분일초도 떠나지 않는 두 눈동자에는 하트뿅뿅이 온종일 가득하다.

　"할아버지, 다음엔 날 꼭 안아줘야 해요. 감기 얼른 나으시고요♡
음력 설날에 승아 올림."

축사의 마침표

담고 담아 닮아가거라

느닷없이 눈물 나는 때가 있다.

올여름 초엽에 딸이 왔다. 동네 조그만 카페. 아빠와 딸 외에 다른 손님은 없었고 오후의 햇살이 테이블 위에 놓인 수박 주스와 아메리카노 커피 옆으로 비스듬히 쏟아진다. 딸은 작은 액자 하나를 건넨다. "아빠, 이번 유럽 여행길에 파리에서 찍은 결혼사진이야. 현지 스튜디오에서 아직 다 보내준 건 아니고, 우선 아빠 드리려고 하나 갖고 왔어요." 에펠탑 앞에서, 마치 영화의 한 장면 같은 배경에 영화의 주인공보다 예쁘고 멋진 딸과 사위가 보인다. 참으로 아름답다. 함박웃음 지으며 한참을 바라보던 아빠의 목울대가 갑자기 덜컥 걸린다.

급기야 운다. 딸 앞에서.

테이블 위에 뚝뚝 떨어지는 아빠의 눈물은 여름 햇살보다 뜨겁게 차오르니 한번 터진 강둑의 범람을 막을 수 없다. 딸도 놀라고, 아빠도 놀란다. 카운터에서 졸고 있던 사장님은 벌떡 일어나더니 조용히 티슈를 건네고는 주방 안으로 자리를 피해 준다.

아빠는 고민한다. '아빠 담배 한 대 피우고 올게' 딸에게 얘기하고 잠시 이 난처와 당황을 피해 볼까? 그러다 딸을 봤다. 가뜩이나 동그마한 눈이 크게 동그래져 있다. '지금 자리를 비우면 딸이 더욱 놀라고 당황할 일이다.' 어서 진정하자.

"어휴, 축하하는 사람 하나도 없이 둘이 얼마나 쓸쓸했겠냐…." 하나뿐인 딸내미 결혼식도 못 올려준 못난 아비가 되었다는 자책은 잠시 진정된 마음을 다시 일렁이게 한다. 딸이 아빠의 손을 꼭 잡으며 "아이고, 우리 아빠를 어쩌면 좋아. 결혼식을 못 한 게아니고 안 한 거야. 우리 충분히 오래 생각한 거예요. 결혼식에드는 비용과 수고를 생략하고, 여행 가서 보고 싶었던 작가들의 작품도 감상하고, 깊고 의미 있는 추억, 우리만의 이야기를 만들어 보자고 갔다 온 여행이에요. 요즘 이렇게 간소한 결혼식으로하는 커플 많아요. 난 아무렇지도 않고 너무너무 행복하기만 한데…. 아빠는 왜 울고 그래."

딸은 차분하고 다정하게 말한다. 뉘 집 딸인지 참 예쁜 새색시다. "그래, 그래. 그럼 된 거다. 고맙다. 고마워 딸아." 아빠와 딸은두 손을 꼭 맞잡고 다시 함께 웃는다. 테이블 위의 햇살이 뜨거웠던 눈물을 맑게 씻어준다. 딸은 해가 갈수록 당당하고 현명한데,아빠는 나이 먹을수록 왜 이리도 주책인가.

사위가 사돈어른과 사부인을 모시고 식당 안으로 들어선다. 아빠와 딸은 반갑게 맞이한다. 지난 주말에 상견례가 있었다. 나보다 더 과묵한 사돈, 다정다감한 사부인을 뵙고 식사하면서 '수더분하고 정겨운 분들이시다. (시댁의 의미로) 우리 딸 고생은 시키지 않겠구나.'라는 생각에 이르자, 친정아버지의 마음은 푸근해진다. 교통체증으로 뒤늦게 아들이 도착했다. 할 얘기가 점점 떨어지던 차에 당도한 아들은, 오빠로서 여동생과 재미났던 옛이야기와 이런저런 유머로 분위기를 한껏 따스하게 덥힌다. 뉘 집 아들인지 의젓한 녀석이다. 행복하고 훈훈한 시간으로 상견례는 마무리되었다.

귀가하던 차 안, 수도권 제1 순환 고속도로 한복판에서, 아빠는 작년 여름, 아들 결혼식에 준비했던 <아빠의 축사>를 꺼내 본다. 결혼식 시간 관계상, 하객들 앞에서 미처 말씀드리지 못했던 축사의 뒷부분, 짧은 글을 다시 떠올려 퇴고하고 이렇게 딸과 사위에게 전한다.

함박눈 같은 오렌지 빛 햇살이 고속도로에 쏟아진다.
아빠는 이제 느닷없이 울지 않는다.
현명한 딸이 잘 성장하였고, 그 옆에 듬직한 사위가 있으니.

제목 : <담고 담아 닮아가거라> -

김호섭

우리는 부모님을 닮아간다.

나이가 들어갈수록 더욱 그러하다.

어느새 나도 나의 아버지를 닮아 있구나.

유전자의 힘이겠다만,

누군가를 닮아 간다는 건 누군가를 담는 일이겠다.

사랑하는 사람들의 말투, 표정, 습관, 익숙한 모습,

즉 삶의 무늬를 얼굴이라는 그릇에 담고 담아 닮아 가는 것이
겠다.

유전자만큼이나 큰 힘이 있다. 사랑이겠다.

부부도 닮아간다.

늘 거울을 보자.

나의 표정, 미소, 언어는 살아가는 일상의 습관 속에 나오니

스스로가 행복하고 충만한 삶을 살아가거라.

그것이 먼저다. 그 노력이 먼저이겠다.

거울을 보며 늘 차분히 그 모습을 들여다보거라.

그리고, 서로의 얼굴을 보아라.

배우자에게 비친 모습은 곧 내 모습의 투영이니,

내가 안온하고 사랑이 깊어야 그 모습이 배우자의 얼굴에 비친다.

서로의 거울이 되어라.
서로 그 사랑의 얼굴을 담고 담아 닮아가거라.
나의 모습에서 우리의 모습으로 정성껏 담아가면서
천천히 꾸준히 서로 닮아가거라.
사랑의 이름으로.
사랑의 힘으로.

-

눈에 넣어도 안 아플 딸이 시집을 갔다.
그리하여, 바야흐로
어른이 되었다.

아비는
축사의 마침표를 찍고
이제, 딸의 손을 사위에게 맡긴다.

아버지의 이름으로.

신의 선물

몰입의 우주

백일장이 열렸다. 백일장이라니. 어렸을 때, 학교 또는 시청에서 열린 행사에 참여한 기억을 끝으로, 무려 사오십여 년 만에 들어본 단어다. 문장을 공부하는 모임에서 진행하는 글짓기 대회다. 백일 동안 원하는 사람의 몸을 빌려 살 수 있고 백일 이후 그 몸으로 계속 살지, 다시 원래의 나로 돌아올지 선택하면 된다는 주제다. 기가 막힌 백일장이다. 자. 써보자.

신의 선물이다. 상상이지만, 기막히니 흥분되고 막막하니 혼란이다. 이순신 장군님이 되어 나라를 구하고도 싶고, 김훈 선생님이 되어 간결하면서도 아름다운 글을 쓰고 싶고, 메시님처럼 환상적인 드리블로 그림 같은 골을 넣고도 싶고, 외계인이 되어 아름다운 지구별을 바라보고 싶다. 욕심이 과하다. 과하면 탈이 나는 법. 제 한 분의 힘, 단 한 사람의 몸으로 살아감이 규칙이다. 며칠을 고민하다 주말 나들이 코스인 서점에서 햇살 같은 미소와 함께 그녀가 나에게로 왔다. 국민배우 김혜자 선생님이다. 그래. 드디어 찾았다. 김혜자 선생님의 몸으로 살고 싶다. <생에 감사해> 책 표지에 환하게 웃는 사진만 봐도 눈가가 젖어온다. 미소 자체에서 우러나오는 존재감은 더 많은 설명이 필요치 않다. 국민 엄마 그 자체. 국민배우 국민 엄마 김혜자. 그녀의 삶은 어땠을까? 연기자로서 보다는 한 개인의 존재로서 그녀의 삶이 궁금하다. 책 서두에서 읽은 문장은

"배우는 연기를 해야 합니다. 그것이 배우에게는 유일한 빛이고 희망입니다. 또한 그것이 배우가 세상에 줄 수 있는 희망의 빛입니다."

다소 의외다. 배우를 직업의 하나로 바라보는 시각이 전혀 아니다.

"나는 배우를 직업으로 생각한 적이 없어요. 배우는 나 그 자체입니다." 그녀는 이 한마디로 자신을 증명한다.

백상예술대상에서 그녀가 한 말도 떠오른다. 드라마 <눈이 부시게>의 마무리 부분이다.

"오늘을 살아가세요. 눈이 부시게. 당신은 그럴 자격이 있습니다." 연기자로서가 아니라 대한민국의 한 개인으로서, 진정한 어른으로서의 김혜자. 당장 그녀의 삶으로 뛰어든다. 오늘부터 1일이다.

온종일 국내외 미디어의 스포트라이트를 받는다. 명성과 품위에 걸맞게 후배 연기자뿐 아니라 수많은 사람들의 사랑과 존경

을 한 몸에 받는다. 새로운 영화도 찍고 드라마와 광고에 출연하며 국민적 사랑은 물론, 우아한 품위로 격조 높고 인정받는 삶을 살아간다. 아름답고 꿈결 같은 백일은 순식간에 지나간다.

하지만, 나는 한 치의 고민 없이 다시 본래의 나로 돌아온다. 백일 내내 혜자의 몸으로 살아오면서 바라 온 것은 비단 그녀의 우아한 명성과 존경받는 사회적 지위가 아니었다. 정작 원했던 것은 그녀의 깊고 푸른 눈빛이었다.

그 깊이와 넓이를 가늠키 어려운 심연의 바다. 그 바다 가장 깊은 곳에서 길어 올리는 코발트블루 빛 정수. 배우로서 치러 내야 할 수많은 역할과 장면을 혜자는 삶 자체로, 온몸으로 받아들이고 가슴으로 울고 웃으며 날카로운 지성으로 건져 올린다. 몰입의 우주! 그 우주가 모여 발산되는 곳. 눈이다. 그 찬란한 빛은 경이로운 그녀의 눈빛이다. 그녀만이 간직한.

아무리 그녀의 몸으로 산다 할지라도 그 눈빛은 섣불리 흉내 낼 수 없는 일이다. 아무리 눈에 잔뜩 힘을 주고 그럴싸한 연기를 해봐도 따라 할 수 있는 그런 것이 아니다. 천의 얼굴 배우는 곧 혜자이니 그 깊은 경험의 밀도를 어찌 감히 판단할 것인가. 그래서 '에미더'라는 고유 명사 대신 '혜자스럽다'라는 형용사가 널리 쓰인다. 그러니 혜자는 유일무이하다. 그저 나는 묵묵히 나로 돌아온다.

다만, 주눅 들거나 위축되진 않는다. 다부진 질문부터 던진다. "나는 무엇으로 세상에 희망의 빛을 줄 것인가?" 똑같은 개인이 없듯이 똑같은 우주도 없다. 나만의 우주를 만들자. 나만의 눈빛을 창조해 보자. 이렇게 말이다.

"작가는 글을 써야 합니다. 그것이 작가에게는 유일한 빛이고 희망입니다. 또한 그것이 작가가 세상에 줄 수 있는 희망의 빛입니다."

허름한 일상의 글이지만, 삶에 지친 누군가에게는 반딧불이 같은 친구가 되어주고 잃어버린 길을 밝혀주는 등불 같은 그런 글을 쓰자. 글이 곧 희망의 빛이다.

"오늘을 살아가세요. 몰입의 눈빛과 따뜻한 미소로 세상과 인간을 관찰하세요. 작가는 그럴 자격이 있습니다." 이렇게 살아가 보자. 우리가 모두 자격이 있다. 생에 감사해야 할 일이다.

몰입의 눈빛과 따뜻한 미소!
김혜자 선생님께서 주신 계묘년 새해 선물이다.

신의 선물이다.

나만 그런 건가 vs 나만 그런 게 아니었어
끝까지 믿어야 할 건 '나'

처음엔 그랬다. 얼떨결에 <브런치 스토리>라는 글쓰기 플랫폼 작가가 되고 나서, '일주일에 꼭지 글 하나는 올리는 부지런하고 성실한 쓰는 자가 되자' 라는 야무진 계획이 있었다.

두 가지 마음이 부닥쳤다. '직장을 다니며 별도로 글을 쓴다는 일이 가능키나 하겠냐.' 라는 초심자의 연약한 마음과, 언제까지 이렇게 세월만 보내며 살 것이냐 (이 인간아). 제발 하고 싶은 일. 시작이라도 해보자는 도전자의 기특한 마음이 그것이었다.

두 마음의 적절한 타협에서 나온 협상안은 주 1회 글을 올리자는 것이었고, 그 정도면 본캐와 부캐 역할에 있어서 황금 분할에 버금가는 로드밸런싱 이라고 나름 자신했었다. 급기야, 나의 최초 독자인 아들과 딸에게 호기 양양하게 주 1회라는 나름의 발행 주기를 선포하였으며 애정 어린 구독과 날카로운 하트를 주문하였으니. 떠벌리며 '주간 김흐섭'이라는 취지 아래 초보 브런치 작가가 야심 차게 이 세상에 출몰한 것이다.

모두가 예상했다시피, 초심은 한 달을 넘지 못했고 월간, 아니 격월간의 주기도 감당키 버거운 상황이 되어 버렸다. 핑계는 수

백 가지 댈 수 있을 정도로 다양하고 참으로 다채롭다. 회사 일이 바빠서, 건강이 안 좋아서, 모기 때문에, 날씨가 추워서, 날씨가 좋아서, 날씨가 흐려서, 비 와서 눈 와서, 미세먼지 때문에, 누군가에게 상처받아서, 꿈자리가 안 좋아서, 아래층의 강아지가 너무 짖어 대서. (참고로, 이 녀석은 나를 두 번이나 물었다. 그것도 아주 아프게) 이 핑계 저 핑계 다양한 핑계들이 "쓰는 Action"을 참으로 더디고 머뭇거리게 하는 것이다. 나만 그런 건가? 사실 이러한 핑계들은 표면적인 이유인 것이고, 보다 본질적인 원인은 따로 있겠다.

첫 번째는 두려움이다. 다른 작가들의 글을 읽거나, 유명 작가들의 책을 들여다볼라치면 너무도 멋지고 감동적이며 내공 깊은 글들을 접하고 나니 내가 과연 이런 분들처럼 글을 쓸 수나 있는 것인가. 밀려오는 것은 두려움이다. 애초에 이 분야에 재능이 있는 분들이나 글 쓰는 일에 적합하지! 나 같은 동네 아저씨가? 그 두려움은 주눅 또는 위축의 다른 이름이기도 하다. 나만 그런 건가?

두 번째는 막막함이다. 차라리 무식하면 용감하다는 말이 있듯이 아무 생각 없을 때가 오히려 이런저런 글감과 이야깃거리, 소소한 일상의 에피소드들이 쓸 거리가 제법 있다 생각했는데 책 10권이 아니고 고작 몇 개의 꼭지 글을 쓰고는, 다음은 무슨 이야기를 할지 헛헛하도록 막막해지는 그런 유형의 마음이다. 너무 훌륭한 작가들의 글과 책을 봐서 그런가? 한없이 사사롭고 재미도 없고 참으로 무미건조한 나의 일상 이야기들이 에세이의 글감으로 과연 마땅한 것인가? 쓸 주제나 소재에 대한 막막함이 또 하나의 장벽이 된 것이다. 쓰다 보면 감이 잡힌다는데 정말 그런가? 그런 찬란한 시절이 나에게도 정녕 올 것인가? 나만 그런 건가?

세 번째는 게으름과 산만함이다. 일단 책상머리에 차분히 앉기가 어렵다. 뭐라도 써보려고, 자신의 멱살을 부여잡고 어떻게든 책상에 앉았다 치더라도 한참을 멍때리다가 괜스레 부산스러워진다. 안 하던 책상 정리도 하고, 쌓여있는 설거지에 대대적인 방 청소까지 점점 일이 커지고 그 일에 정신 팔리고 정작 글쓰기는 점점 멀어져만 간다. 아마추어 복서처럼 괜한 주변만 열심히 때리다가 지쳐 링 바닥에 아니. 다시 침대로 쓰러지는 이런 어처구니라니. 나만 그런 건가?

두려움과 막막함에 게으름, 산만함 투 샷 쓰리 샷 제대로 추가하여 아메리카노도 라테도 그 옛날 다방 커피도 아닌 이상한 맛의 세월만 속절없이 흐르고 있다. 급기야, 글쓰기를 정말 내가 좋아하는 일이긴 한가? 독서야 워낙 문자를 좋아하는 취향이라 그렇다 쳐도, 글쓰기는 또 다른 차원의 얘기인 듯하다 하기야, 유명 작가로부터 글쓰기 수업을 받은 적도 없고 오래도록 충분한 정규 교육을 받은 적이 없는 초심자로서 어쩌면 당연한 과정이고 예정된 순서이기도 하겠다.

그러다 문득. 이거 이거…. 연애하는 마음과 비슷한데. 연인들 사이에 서로 마음을 알아보고 탐색하는 그 과정. 젊은이들의 언어처럼 썸 타는 마음과 어쩜 이리도 유사한 것인가. 뭔가 붕 들떠 있는 마음, 차분히 정좌하지 못하고 이리저리 부산한 마음들. 선명한 연애나 사랑의 Core를 구성하지 못한 애매한 상태에서 따라오는 온갖 혼란스러움. 이 심리상태는 연애할 때 마음 구조와 메커니즘이 유사하다는 생각에 이르니, 바야흐로 '내가 글쓰기랑 연애 또는 사랑에 빠져 버린 것이구나'라는 나름의 위안적 분석도 해보았다. 하지만 이건 좀 억지스럽고 작위적이다. 아직 내가 이 업계? 에서 그런 정도의 거장 또는 고수급 레벨은 아니지 않은가 말이다. 초짜 주제에 무슨 벌써 사랑 타령인가. 아래층 강아지가 웃을 일이다.

질문은 뱀처럼 꼬이고 먼지처럼 켜켜이 쌓여 높고 복잡한 미로가 되었고, 나는 그저 그 미로에 갇힌 한 마리 여린 양이다. 한 마리 여린 양은 책 속에 길이 있고 스승이 있다는 선친의 조언을 떠올려 몇몇 유명 작가의 글쓰기 관련 책을 읽게 된 건 사뭇 지푸라기라도 잡는 심정이었으리라.

아니 이럴 수가…. 그 유명하신 천재적 작가님들도 글을 쓰기 시작한 초창기나 명성을 얻고 있는 지금이나 나와 비슷한 고뇌에 몸부림치고 여전히 부산하고 하루하루가 막막하고 노트북 펼치길 두려워하신다는 충격적이고도 공통적인 고백이 잇따른다. 아니 이럴 수가…. 아. 나만 그런 게 아니었어!

그분들과의 찡한 공감대에 한결 마음이 편안해지고, 한없는 위로와 위안을 얻을 수 있었다.

나만 그런 게 아니라는 심리상태는 늘 안온한 마음의 울타리를 쳐준다. 역시 우리는 동일 조상 단군의 자손이며 호모 사피엔스 DNA 징표이리라. 이러한 심정과 상태는 글을 쓰려는 대다수가 겪고 있는 심리상태이겠고, 초기에 그 증상이 심해지지만, 어느 정도 궤도에 오르면 그마저도 일상의 한 루틴 또는 패턴으로 인식된다는 고수들의 말씀은 그마저도 또 하나의 내공으로 느껴지게 된다.

강호에 여러 좋은 스승님들의 금과옥조와 고수들의 빛나는 초식이 있었지만, 최근 읽은 김신회 작가의 [심심과 열심]이라는 책에서 본 글귀에 눈길이 간다.

"쓰는 일에는 힘이 있다. 그 힘은 내 안에서 나온다. 그러므로 우리는 자신을 믿어야 한다. 나에게서 나온 글을 믿어야 한다."

그래, 모든 새로운 시작과 배움에는 믿음과 세월이 필요한 법. 내 안에서 나오는 정수. 그것이 아무리 하찮고 별 볼 일 없어도 그것에 집중하고 나를 믿고 힘차게 밀고 나가보자.

그게 곧 나니까. 독서도 그렇고, 글쓰기 또한 누가 시킨 일이 아니라 나 자신이 좋아하는 일이니 말이다.

다시금 절절한 연애를 하고 싶다.

글쓰기라는 여인과.

이번엔 제대로….

눈치 봐야 할 두 사람
근사한 눈치와 정직한 인정

초연이 쓸고 간 깊은 계곡 깊은 계곡 양지 녘에
비바람 긴 세월로 이름 모를 이름 모를 비목이여
먼 고향 초동 친구 두고 온 하늘가
그리워 마디마디 이끼 되어 맺혔네

인천의 명문고. 제물포 고등학교 음악실. 건물 1층과 2층을 터서 계단식으로 넓힌 공간. 한 소년이 혼자 서서 노래를 부른다. <비목>이다. 노래가 끝나자, 선생님은 오르간을 멈추고 말씀하신다. "신은 공평하다는 말이 떠오르는구나. 너는 공부도, 운동도 제법 잘하지만, 노래는 좀…." 소년은 잠시 얼굴이 빨개졌지만, 다시 힘차게 노래 부른다. 다음 곡은 친구들과 손잡고 부르는 합창이다.

Caro mio bencredimi almen,
까로 미오벤크레 디미 알멘
Senza di te languisce il cor.
센차디 테 랑~ 귀 세일르 코~르

Caro mio ben,senza di te languisce il cor
까로미오 벤센차 디 테 랑 귀~셰일코~~르

소년들은 목청껏 노래 부른다. 이탈리아 가곡 <까로 미오 벤>.
노래는 야트막한 뒷동산을 타고 벽돌담을 넘어 바로 옆에 위치
한 (역시, 인천의 명문고) 인일여고 교실로 날아가 소녀들의 귓전
을 아련히 울린다.

 음악 시간이 끝나고, 다음은 체육 시간이다. 반 대항 축구 시합
이다. 소년은 노래는 못해도 축구는 부동의 스트라이커. 발군의
테크니션이다. 운동장으로 신나게 뛰어나가다 문득, 누군가 등
뒤에서 자신을 바라보는 뜨거운 시선을 느낀다. "아저씨는 누구
세요?" 운동장 한 편의 큰 느티나무 아래서 한 아저씨가 미소 지
으며 서 있다. "반갑다. 난 40여 년 후의 너란다. 오래간만이다.
많이 보고 싶었어." 17세 소년과 60세 소년이 만나는 기가 막힌
순간이다. 17세 소년은 당황하지 않고 차분히 말한다. "언젠가 만
날 줄 알았어요. 반가워요. 나의 아저씨." 오히려 놀란 건 60세 소
년이다. "역시, 학교 도서관의 수많은 책 속에 파묻혀 살더니만
상상력, 판타지력, SF력, 예지력이 풍부하구나. 저 눈동자 초롱 명
랑한 것 좀 보소."

 "뭐 좀 물어봐도 돼요?"
 "그래. 무엇이 궁금하냐?"

"아저씨. 국어 선생님이나 작가님이 되었나요? 중학생 때부터 꿔온 꿈. 아저씨도 아시죠?" 아저씨는 머리를 떨구고 말이 없다. 대충, 눈치챈 소년은 다시 묻는다. "에휴. 잘 안됐나 보군요. 그럼 돈 많이 번 부자가 되었나요? 가난은 면했나요? 이 땅의 민주주의는 좀 나아졌나요?" 아저씨는 여전히 말없이 먼 하늘만 쳐다본다.

"(나와 내 조국의 미래가 별로 신통치 않은가 보군) 아저씨... 할아버진가? 아무튼, 저는 어떻게 살아야 하나요? 뭘 어떻게 하면 국어 선생님이나 작가님이 될 수 있나요?"

아저씨는 한참을 망설인다. 하고 싶은 얘기가 많으나 고민을 많이 하는 듯싶다. "호섭아..." 아저씨가 무거운 입을 뗀다. "지금처럼 공부 열심히 하고 책 많이 읽고 친구들과 축구도 신나게 하고. 새벽을 거닐고 문장 속에 노닐 거라. 그러면 된다. 너의 앞길에 여러 갈림길과 고난의 길이 나올 테지만 어떤 길이든 너 자신을 믿고 선택하고 부지런히 걸으면 된다. 인간에 대한 사랑. 잊지 말고. 어떤 길로 들어서던지 넌 예정된 미래로 오게 될 테니." 소년은 실망하는 빛이 역력하다. 뜬구름 같은 소리 말고 더 구체적인 얘기를 듣고 싶다고 말하려는데 친구들이 부른다. 어서 오라고. "이제 끼비아 해요 오늘 반가웠고요. 아저씨도 건강 잘 챙기시고 잘 지내세요. 다음엔 제가 만나러 갈 테니."

17세 소년과 60세 소년이 척척 악수한다. 그 순간, 느티나무 잎새에 한 줄기 바람이 스친다. 과거와 현재를 오가는 바람 기차이려나. 기차 안에서 하염없이 흐르는 눈물 속에는 17세의 나에게 보내는 미안함과 뭐라 표현하기 어렵고 복잡한 회한이 가득 차오른다. "밥이라도 한 끼 먹이고 올걸..." 기차는 속절없이 어둠을 달린다. 60세의 방구석으로.

<돈의 속성>, <사장학 개론>으로 유명한 김승호 회장님의 동영상을 며칠 전에 보았다. "살아가면서, 다른 사람에게 인정받고 확인받으려고 눈치 보지 말라. 딱 두 사람의 눈치만 봐라. 15살의 나, 65살의 나. 내가 청춘 시절에 꿈꿔왔던 사람이 지금의 나인가. 은퇴하고 돌아보니 괜찮은 사람으로서 삶을 잘 꾸려왔는가. 이 두 사람의 눈치만 보면 된다. 무척 어려운 일이지만 제대로 근사한 일이다. 그러면 된다고 본다." 귀한 말씀이나 문장을 접하면 마음에만 담을 일이 아니다. 마땅히 실행해야 할 일이다. 청춘의 나를 만나고 왔다. 청운의 꿈을 품던 17세 소년을 보고 오니 왜 또 자꾸 눈물이 난다. 이놈의 갱년기...

그나저나, 나의 꿈은 이루어지려나? 국어 선생님은 이제 현실적으로 어렵게 되었고, 작가님은 되려나? 발길이 무거워진다. 아차차. 다시 생각해 보니, 작가가 되려는 건 목표이겠다. 작가가 되어서 뭘 하고 싶은지가 꿈이겠지. 난 뭘 하고 싶은가.

청예담 (淸詣談). 맑을 청, 이를 예, 이야기 담. (내 서재의 이름이다.)

흔들리고 흐리거나, 쓰리고 아픈 어느 마음들이 나의 문장을 지나 맑고 단아한 이야기에 이르렀으면 좋겠다. 세상에 그런 이야기를 하고 싶고 남기고 싶은 게 꿈이다.

은퇴의 시간은 머지않았고 기력은 자꾸 떨어진다. 김승호 회장님 프로필을 보니 헛. 나와 동갑이다. 난 도대체 여태껏 뭘 하고 살아온 건가. 마음이 무거웠지만 오래 그러진 않는다. 이제는 알겠다. 타인과의 비교는 바보들의 일이고, 최선은 나의 권리이며 결과는 신의 뜻이다.

나는 그저 나의 어제와 비교할 뿐.

많지 않은 시간이겠지만 적지 않은 시간이기도 하다.
두 사람의 눈치를 슬슬 보면서
오늘도 걷는다.
갱년기에도 쓴다.

꿈을 향해.

늘그막의 연애
이별은 없다

사랑에 빠졌다. 늘그막에 이 무슨 주책이람. 회사 일도 손에 안 잡히고 밤에 잠도 안 온다.

(현충일 제외하고) 삼백육십사일 오로지 그녀 생각뿐이다. 마음은 붕붕 뜨고 호흡은 불안하다.

갑작스레 화딱지도 내고 신경질도 부리고 통사정도 해본다. 그녀가 정녕 토라지면 어쩌나 전전긍긍하는 마음은 냉탕과 온탕을 넘나든다. 사랑은 일방통행이 아니라고, 8차선 고속도로가 아니며 함께 오르내리는 굽이굽이 오솔길, 첩첩산중 고갯길이라고 사랑의 역사는 말한다. 그러하니, 내 마음 몰라 준다고 타박하고 째려보거나 서운해할 것이 아니라 때로는 거리를 두고 서로를 찬찬히 바라봐야 한다. 억지로 끌어당겨 화들짝 안을 수 있는 일이 아니다. 하늘로 쏘아 올려진 서로의 마음이 안정된 궤도에 진입하는 때. 힘을 뺀 시간은 오히려 산뜻하니 가볍지만, 서로를 이끌고 나누는 힘은 강해진다. 숙성하는 시간의 힘, 사랑의 힘이겠다.

물끄러미 그녀를 아니, 그녀들을 바라본다. 그녀들은 바로, 서랍 속에 먼지 모양으로 소복이 쌓여 있는 미완성 글들이다. 눈물

콧물로 쓴 글, 아프거나 괴로운 글, 쓰다만 게으른 글, 누군가에게 상처를 줄 것 같아 망설인 글들이다. 언젠가 두 손 맞잡고 궤도의 시간을 맞이하리라 생각하면서도 지금은 괴롭다. 나이를 아무리 먹어도 사랑은 어렵다. 밀당도 하루 이틀이지, 어쩔 것이냐 이 대책 없는 사랑을. 글 쓰는 일이 이다지도 애정 절절 다정 혼절할 일인가. 너무도 좋은데 세상 어렵다. 사랑에 빠지고 나서야 제대로 알게 되었다. 나는 왜 쓰는지.

7년 전, 온 나라가 '사드'라는 단어로 시끄럽던 어느 날, 뇌졸중으로 쓰러졌다. 손 쓸 틈 없는 사업 중단으로 빚더미만 안고 중국에서 돌아왔을 때도, 가족들이 뿔뿔이 흩어졌을 때도, 아내에게서 헤어지자는 통보를 받았을 때도 한마디 말없이 버텼지만, 그 막막한 길 끝에 쓰러지면서 더 깊은 침묵의 시간 속으로 빠져들었다. 무릎은 꺾이고 눈빛은 초점을 잃었으나, 생사가 오가는 수많은 통곡의 시간을 중환자실에서 지켜보며 깨달았다. 나만 아픈 게 아니었다. 나만 절망의 계절이 아니었다. 모두의 아픈 역사를 지켜보면서 질문했다. '다시 살 수 있다면 무엇을 제일 하고 싶은가? 생명 자체보다 소중한 그것은 무엇인가?' 정제되어 걸러진 부드럽고 신생된 과제를 비기 애끼아 기뿐 새범게는 일, 세길을 더욱 나누는 일이다. 사랑했던 기억을 남기고 간다면 아마도 홀가분한 마음이려니, 흔들리는 몸 일으켜 휘적휘적 걷기 시작했다. 동서남북으로 치달던 마음을 붙잡아 쓰기 시작했다. 내 이름 석 자도 잘 써지지 않던 작은 노트에 사랑을 쓰기 시작했다. 안정된 인생 궤도를 이탈한 이 고장 난 인공위성은 폐기 처분장 앞에서 이렇게 글을 만났다.

사랑의 출발점은 바깥세상도 어느 타인도 아닌 내 마음속 깊은 우물이라는 또렷한 점. 밖에서 안으로가 아니라 안에서 밖으로라는 명징한 선. 점과 선을 연결하니 중심과 방향을 착각하고 길을 잃었던 이유가 분명해진다. 그날 이후로, 묵묵한 걸음과 짧은 문장이 회복을 이끌며 손톱만큼의 전진을 이끈다. 다시, 나로부터의 출발이다. 내 손을 꼭 잡으며 이제 모든 걱정 내려놓고 오롯이 아빠의 삶을 살라던 딸의 고요한 눈빛. 그날을 잊지 못한다.

보르헤스의 명언을 좋아한다.

"우리는 단어를 읽지만, 그 단어를 살아낸다." 이 말을 학교에서 배운 대로 이렇게 바꿔본다. "우리는 문장을 쓰지만, 그 문장을 살아낸다." 공원에서 하루에 2만 보 가까이 걷는 것처럼, 어르신 에어로빅댄스 팀에서 새벽마다 신들린 듯 춤을 추는 것처럼, 내게 쓰는 일은 살아내는 일이다. 사랑하는 일이다. 그러니 꾸준히 배우고 쓸 수밖에, 저러니 사랑에 빠질 수밖에. 당연히 어려운 일이나 마땅히 좋아하는 일이니 어쩔 수가 없다. 때론 막막해도 다른 뾰족한 수가 없다. 걷고 읽고 배우고 쓰고 살아갈 뿐. 다시 사랑할 뿐. 헤어날 수 없는 이 애정의 바다에 퐁당 빠져 내가 쓰는 이유다.

사랑도 감기처럼 숨길 수 없다 했던가? 나는 이 애절한 사랑을, 절절한 연애를 감출 수 없다. 애써 숨기지 않는 공개 연애다. 나는 주저하지 않는다. 이 늘그막의 연애에.

모든 쓰는 자가 그러하듯 기꺼이 사랑의 무게, 글의 무게를 감당하련다.

오늘도 여전히 냉탕과 온탕이지만 그녀는 다정하다.

이 사랑에 이별은 없다.

돌격 옆으로

온몸으로 울 바에야

서쪽 끝. 불 꺼진 항구의 새벽은 밤보다 깊고 낮보다 어둡다. 새벽 네 시 오십 분. 묵직하다 못해 한없이 가라앉는 바리톤 뱃고동은 이 깊은 새벽이 제철 제맛이다.

낭만과 슬픔은 이웃이려나. 가는 자 떠나고 남는 자 머문다. 뱃고동 쌍 고동은 오 분 간격으로 서너 번 울린다. 단둥 페리. 선장은, 미련은 안 태우고 곧 출발하려나 보다. 항구의 뱃고동은 오랜 친구처럼 새벽을 얼싸안고 월미도 언덕보다 깊은 골짜기로 데려간다. 뱃고동 버무린 새벽은 흐린 서해보다 깊고, 염분 절인 어둠은 여린 안개보다 강하다.

그 새벽과 어둠이 버겁고 무겁고 자꾸 무서워 많이도 울었다. 울다 지쳐 춤추었는데 춤추면서도 울었다. DJ DOC 와 춤추고 장윤정과 울었다. 춤추며 울다 보니 저 스스로 웃었다. 아이고 하릴없는 인생이여. 실없고 맥없는 내가 빙그레 미소 지었다.

이제 더는 울지 않는다. 한 톨 남김없이 울었으니 더는 흘릴 눈물도 없거니와, 눈 따갑고 턱 아프다. 얼굴 근육마저 틀어지니 미소년 아름다운 얼굴 망가져 못생겨진다. 팽팽했던 피부는 주름살 밭고랑. 욕망의 파문이다. 성질머리 고약한 못난 통증은 허파와 척추로 흘러 허리에 이른다. 삭신은 쑤시고 영혼은 뻐근하다.

"울지마라 소년아."

온몸으로 울 바에야 오늘은 쓰고 내일은 고친다. 오늘은 살아가고 내일은 사랑한다. 문장이 삶을 이끈다. 어두운 눈물은 저 멀리 실미도 팔미도 너머로 물러나고 성큼성큼 누군가 온다. 어둠보다 선명한 동이 트고 뚜벅뚜벅 내가 온다.

새벽을 두려워 말자. 새벽은 아침을 모시고 오는 선봉장. 눈물의 최전선. 달빛에도 춤추는 마음. 원고지 위로 진군의 나팔이 울린다. 나팔 소리는 돌격 앞으로. 우리 함께 전진하라는 우렁찬 총성. 쾌도난마 일필휘지 설렁설렁 끼적끼적. 인천대교 올라타고 문장의 하늘로 날아보자. 쓸 수 없어도 울 거 없다. 어려울 거 없다. 오늘도 쓰자. 왼쪽에서 오른쪽으로. 돌격 옆으로.

쓰는 일은 비움에 고요을 키우는 일이라 했던가. 세상이 시끄러워도 무섭지 않다. 사는 게 먹먹해도 외롭지 않다. 자꾸 아파노 슬프지 않다. 오래도록 쓰고 또 쓰려는 이유다. 몸짱도 좋지만 마음짱이 이 동네 캡짱이다.

"서두를 필요도,

반짝일 필요도,

아무도 될 필요가 없다.

오로지 자기 자신이 되어야 한다."[1]

스승님이 보고 싶다.

그럴 때마다 꺼내 본다.

스승님의 손 편지.

<마음 쓰는 밤>

---

1. <마음 쓰는 밤> P 109 *저자 : 고수리 (2022. 미디어창비)

까치와 둥지
둥지의 자유와 재료

　인천 자유공원에는 여러 종류의 새가 산다. 절반 이상의 압도적 우세종은 비둘기다. 나머지는 다양한 조류들로 구성되는데 참새, 큰 까마귀, 뻐꾸기 두 마리, 이름 모를 새 세 마리 그리고 '오늘의 주인공' 까치다.

　"일찍 일어나는 새가 벌레를 잡아먹는다거나, 그런 새는 피곤하다."라는 속담이나 농담은 적절치 않다. 이런 말은 존재의 다양성을 무시한, 인간의 제한된 사고 틀 안에서 만든 말일 터. 이곳에서는 "일찍 일어나는 새가 춤추거나 망본다."가 좀 더 어울린다. 맥아더 장군 동상의 모자 위는 최고의 전망대이자 기상대이며 척후병의 최전선 진지다.

　이른 새벽의 척후병은 비둘기가 담당한다. 맥 장군의 진지는 최소 한 마리에서 최대 세 마리까지 비둘기를 수용한다. 틀 배고픈 이들은 긴 밤 잠 못 이루고 구구구 일어나 비좁은 모자 위에 올라서 인간이 흘린 먹잇감을 찾거나, 월미, 팔미, 영종도까지만 망을 본다. 잠시 후, 본진의 무사들이 깨어난다. 까치다.

예민, 날렵, 까칠로 무장한 까치 무사들은 아랫배 통통한 맥둘기와 달리, 파르라니 빛나는 고고한 꽁지 깃털 자랑하며, 날렵하게 공원 광장을 가로질러 매끄럽게 춤추듯 비행한다. 슬그머니 비둘기는 사라지고 물 흐르듯 자연스러운 임무교대가 이루어진다. 까치는 단 한 마리만 척후병으로서 초연히 근무한다. 까치의 전방 주시 각도와 거리는 비둘기의 몇 배에 달하니, 멀리 서해와 더 멀리 중국 웨이하이 앞바다까지 한 시야에서 조망한다. 위험한 천적 새가 나타나거나, 서쪽 하늘에 갑작스러운 폭우와 폭설, 황사가 밀려오면 척후병 까치는 이 소식을 신속히 전파하고 까치 본진은 즉시 행동에 돌입한다.

높고 곧은 나무마다 어김없이 하나씩 있는 까치집에게 진돗개 하나, 둘, 셋을 발령하고 <둥지 사수 대작전>에 돌입한다. 아빠 까치, 엄마 까치뿐 아니라 삼촌, 누나, 언니, 이모, 사돈, 팔촌까치, 슈퍼마켓까지 둥지에 모여 부산하다. 그렇다. 까치는 이곳 공원의 다양한 새들 중에 유일하게 자가다. 전세, 월세란 구조나 개념은 아예 존재하지 않는다. 사기당할 염려도 없이 모두 자가다. 스스로 짓고 부수고 재건하는 건, 오로지 자가를 삶의 둥지로 선택한 자신들이 감당할 몫이다. 그러니 까치는 자기 생애에 오롯이 당당하다.

비상사태가 곧 예정된다면, 둥지 어딘가 부실한 구석 없는지, 물 새고 비 샐 위험 없는지, 거센 항구의 비바람에 혹여나 무너지지나 않을지 대비하고 보수하고 재구축한다. 이들의 목표와 목적은 단 하나. 여리디여린 그들의 '알'을 안전하게 보호하기 위함이다. 이들은 폭우 속에서도 비바람 속에서도 나뭇가지를 찾아 물고 기꺼이 쉼 없이 둥지를 채우고 보수해 나간다. 풍파의 세월이 지날 수록 둥지는 견고해지고 튼튼해진다. 까치와 둥지를 보다 보면

"나뭇가지와 돌 뿐만 아니라, 비와 바람도 둥지의 재료이다."
- 이기주 작가의(<언어의 온도> 중에서)

이 한 문장이 다시금 진하게 생각난다.

인천 기상대가 자유공원 바로 옆에 버젓이 있음에도, 자유공원 서식 7년 차 인간인 나는 기상대를 신뢰하지 않는다. 높고 곧은 나무 위 까치들의 움직임을 보는 듯 안 보는 듯 세밀하게 관찰하며 그날의 복장과 세차, 빨래 그리고 마음의 메뉴를 결정한다. 이 정도면 가히 아메리카 인디언 추장급 레벨이려나.

어느 맑은 날에는, 펄떡이던 두 날개마저 접고, 오롯이 바람과 공기의 기류와 구름과 해상의 밀두에 자신의 모든 것을 맡긴 채 까치는 솟아오른다. 이 비상의 본질은 버겁고 고독하지만 당당한 용기이고, 스스로를 스스로가 규제한 자만이 누리는 구체적 자유다. 서투른 자신을 이해하고 오랜 연습과 경험을 통해 단련된 자신을 믿고, 책임져야 할 둥지를 견고히 지키면서도 미지의 세계

로 선뜻 유유히 날아오른다. "깃털의 가벼움이 아니라 새의 가벼움! 그래야 비상할 수 있고, 정신의 자유를 누릴 수 있고, 높은 곳에서 멀리 볼 수 있다. 깃털처럼 중심도 방향도 없이 이리저리 부유하는 것이 아니라 새처럼 가볍게 날 수 있어야 한다." 류시화 시인의 문장처럼.

영민한 그들은 사람으로부터도 자유롭다. 사람들이 뿌려주는 모이에 오로지 의존하는 비둘기와는 다르게 야생의 자연 속에서 생생한 먹이를 구하고 취하는 주체적 조류다. 인간도 그저 한동네 같이 서식하는 동물 중에 하나로 보는 모양새인데, 비둘기처럼 일부러 인간 가까이 다가가진 않는다. 소통 안 되는 인간과 굳이 너무 깊거나 시끄러운 관계는 원치 않고 서로의 거리에서, 영역에서 함께 잘 살아가면 그만이라는 듯, 쿨하기까지 하다.

자가는 아니지만 좁고 허름한 월세방에서, 모두의 소유인 광장 한복판에 멍하니 서서, 까치를 생각한다. 나는 그렇게 주체적인 까치 아니…. 인간은 아니지만, 까치 한 마리의 세상만큼만, 딱 그만큼만 자유롭고 싶은 마음으로 삼 년 가까이 품어온 나의 알을, 아니…. 나의 글을 이제 세상에 시집, 장가보내려 한다. 생경하고 복잡한 심경의 5월이다. 며칠 전에 출판사에서, 꿈결에도 소망하던 출간 계약서를 보내왔을 때, 기쁨은 잠시고 덜컥 겁부터 났다. 진돗개 하나다. 급하게 아이들을 돌아보고 둥지를 살핀다. 아이고, 이 미약하고 여린 글들을 세상에 내보내도 정녕 되는 일인가. 그래도 된다고 스스로 확신하는가.

먹먹과 막막, 설렘과 당황. 그 사이 어디쯤엔가 놓인 어중간한 마음 안은 채, 다시 최종 퇴고의 언덕으로 올라선다. 내 둥지의 알들이, 글들이 다소 미약하더라도 내가 할 수 있는 최선을 다하자. 나의 첫 책이라니…. 오만가지 걱정과 불안이 밀려오지만, 그저 품고만 있으면 아이들은 건강히, 자유롭게 비상하지 못한다. 내가 낳은 나의 글은, 지금 나의 최선이다.

자유공원, 까치가 물어본다. "소년아, 자유를 찾았는가." 아직은 여정 속이라 시원한 답변은 못 하지만, 한 가지만은 선명히 알겠다. 자유도 행복도 희망도 가만히 마냥 기다리면 오는 게 아니라, 애써 구하고 찾아 나서야 한다는 사실을. 크고 웅대한 어떤 것이 아니라 우리네 일상의 빛나는 순간이라는 사실을. 구체와 실행의 힘으로 알아차리고, 스스로 만들고 빈 마음을 채워 가야 한다는 사명을. 나는 까치에게 답한다. "이 여행은 앞으로도 계속되겠지만, 이제 삶의 무게가 아주 가벼워졌단다. 일상도 무척 단순해졌고. 아마도 어느 훗날, 삶이 문장을 이끄는 때. 그때쯤이면 좀 더 알 수 있고 찾을 수 있을 듯하구나. 자유를 찾는 여행은 곧, 나를 찾아가는 과정이었어. 지난 시절, 아픈 '나'를 외면하거나 잊어버림이 아니라 배웁셋고, 잊고 이어서 계속 앞으로 나아가는 과정 같구나. 그때의 삶도 오늘의 일상도 '나'이니."

자유공원, 그 길 위에 올라섰던 첫걸음을 기억한다. 그 첫걸음의 날에 라디오에서 흐르던 노래, 아바(ABBA)의 <I still have

faith in you; 나는 아직 당신을 믿어요>를 이제 살짝 바꿔 불러야 할 때가 되었다. 차분하고 나지막이 불러본다. 내가 나에게. <I will have faith in me>

-

자유공원과 방구석은 나의 둥지다.

아픈 무늬와 어설픈 매듭으로
굽이굽이 말 없는 인천 앞바다와
구석구석 발자국 뜨거운 공원광장에서
눈물 나게 이어진 나의 둥지로
운동화 끈 바짝 조여 매고
여린 문장 하나 기꺼이 물어
다시 날아오른다.

까까머리 중학생 때부터 꿈꿔온 일.
먹고 사느라 애써 잊어온 꿈.
걷다 보니 쓰다 보니 다가온 날.
이제야 하나의 작은 매듭을 짓게 될 것이고
또 다른 미지의 여행이 시작될 것이다.
비가 와도 괜찮다. 바람 불면 어떠리.
나는 나를 믿는다.

새벽을 거닐고 문장을 노니는 문학소년.

둥지 곁을 따수이 지켜내는 파수꾼.

꾸준히 오래도록 쓰는 자.

빗속에서도 춤추려 애쓰는

그런 나를.

쓰다 보니 알게 된 것들
공원에서 찾고 문장 속에서 선택한 나의 자유

걷는 일, 쓰는 일은 살아내는 일과 결을 같이한다. 그저 흐르는 시간과 세월에 나를 맡겨 버리고 방치하는 게 아니라 또렷한 눈빛, 따뜻한 시선으로 세상과 삶을 들여다보고 이끌고 나아가야 한다는 의미이리라. 나를 단단한 무늬로 꾸려가고 이끌어가는 삶은, 어느 아픈 영혼 에게는 작은 등불이, 어느 지친 방랑자에게는 앞서 걷는 자의 발걸음이 되리라는 소망으로 이어지니, 나의 시간이 나의 무늬를 직조하는데 소홀함이 없어야 하므로 그 의미를 더해본다.

공원에서 찾고 문장 속에서 선택한 건 나의 자유다. 어느 날 문득, 자유를 찾아 떠난 여행은 곧, '나'를 찾아 나서는 여행. 이 모두가 걷고 쓰다 보니, 그 여정 속에 알게 된 마음이다. 시작하기를 잘했다. 어떻게든 시작한 마음의 뿌리는 '다시'이겠지.

'다시'는 접힌 무릎 펴고 일어서는 용기다.
'다시'는 여행자가 내딛는 발걸음이다.
'다시'는 세상에 나를 쏘는 방아쇠다.

1 더하기 1은 2다. 그런 줄만 알았다. 가설을 증명하는 건 근거 있는 논리와 명백한 수식뿐인 줄 알았다. 그게 과학인 줄로만 알았다. 그러니, 삶의 모든 문제에 대입하여 과학적이고 합리적으로 똑 부러지게 답을 찾아 사는 게 잘사는 정답의 길로 생각했다.

살아가는데 정답은 없었다. 새빨갛게 지친 눈으로 찾아 헤맸던 근거나 논리보다는 똑 소리나 딱 부러지는 설명보다는, 툭 내려놓고 뚜벅뚜벅 찾아가는 건 정답이 아니라 방향이고 리듬이었다. 긴긴밤 시간의 밀도는 서투른 어젯밤과 다르고, 오후 늦게 쏟아지는 풍성한 햇살은 작년의 오늘과 달랐으며, 짙은 안개가 사라지는 속도는 과거보다는 미래를 앞당긴다.

세상에 완벽은 없으니, 그저 신뢰할 수 있는 근거는 하염없이 글 쓰는 내 마음이다. 책임 있는 논리는 그저 흐르는 문장의 강물이다. 그렇게 나를 설명하고 증명하고 싶다. 1 더하기 1은 2가 아니다. 1 빼기 1은 0이 아니듯.

이렇게 작으나마 매듭을 짓고, 다시 여행길에 나선다. 먼 길 나서기 전에는 먼저 목욕탕엘 가야 한다. 타인에게 괜찮거나 근사하게 보이려는 게 아니라, 이제는 나에게 괜찮은 사람이 되기 위함이다. 나빈의 세니에이다 나까이 합곡탈태다.

내가 원하는 '나'를 찾아가는 여행이다.

나는 지금 목욕탕에 간다. 승기, 과묵, 아야, 허당, 혜롱, 발랄, 생생, 선미 언니 모두 데리고 간다. 바나나우유 "초로롭" 마시며 짐 가방을 꾸리려 한다.

눈이 부시게
근사하며
자유로운
여행을 꿈꾸며

마치면서

세상에서 툭 퉁겨져 진공의 시간에 갇혀버린 자신의 모습을 그
때는 인정하기 싫었고 절대로 수긍할 수 없었습니다. 엎어지고
넘어지고 깨지고 살아온 인생의 모퉁이에서 알게 되었습니다. 피
할 수 없고 도망갈 수 없는 엄혹한 현실이라는 것을. 실패는 쓰리
고 세상은 냉정하며 사랑은 떠나갑니다. 이 풍진 세상에 호흡은
말라가고 눈물마저 위태로우나 꺾인 허리 일으켜 다시 꿈의 문
을 두드립니다.

걷거나 쓰거나. 단 두 가지의 에너지로 아픈 병과 무기력에 지
친 존재를 일으킵니다. 치열함은 차라리 말이 없으니 이 진공의
시간을 메우는 건 묵묵함입니다.

걷다 보니 모진 미련은 비워지고, 쓰다 보니 값진 감사가 쌓입
니다.

공원에서 춤추다 보니 찰진 마음의 근육은 더 이상 외롭지 않
습니다.

걷거나 쓰거나 추거나 하면 되니까.

꿈을 품거나 꿈에 몰입하거나 꿈결같이 쓰면 되니까.

허무는 건 세상과의 담이고

켜켜이 쌓이는 건 눈물로 씻은 문장입니다.

세상은 그대로 거기 있으나 바라보는 세상은 이제 다릅니다.

내가 달라졌으니.

이제는 쓰는 자 이전의 세상으로는 돌아가고 싶지 않습니다.

덜그럭덜그럭해도 쓰는 한

내가 바라는 나에게 가까워지겠지요.

걷다 보니 쓰다 보니 살아집니다. 이래서 인생은 절묘합니다.

꿈을 품은 인생은 분명 인절미의 맛이겠습니다.

꿈은 그냥 힘없이 후드득 떨어지는 떡고물이 아닙니다.

꿈은 쫀득하게 살아 펄떡이는

떡의 심장입니다.

이제는 말할 수 있겠습니다.

"고마워." 무기력의 바다에서 기어이 내디딘 용기의 첫걸음에
게, 전설의 아바에게

"사랑해." 꺾여버린 내 삶을 어루만지고 보듬고 기어이 살아낸
나에게

"함께해." 새롭게 걷는 친구들에게

멈춤을 멈추려 합니다

초판 1쇄 인쇄 2024년 7월 01일
초판 2쇄 인쇄 2024년 7월 16일

지은이   김호섭

디자인   포레스트 웨일
펴낸이   포레스트 웨일
펴낸곳   포레스트 웨일
출판등록   제2021-000014 호
주소   충남 아산시 아산로 103-17
전자우편   forestwhalepublish@naver.com

종이책 ISBN 979-11-93963-21-0

작가님들과 함께 성장하는 출판사
포레스트 웨일입니다.
작가님들의 소중한 원고를 받고 있습니다.
forestwhalepublish@naver.com